mainbook

ISBN 978-3-948987-01-5

Lektorat: Gerd Fischer
Covergestaltung: Lukas Hüttner

Robert Maier

Virus Cop

Frankfurter Fake News

Krimi

Der Autor

Robert Maier, 1961 in Frankfurt am Main geboren, schreibt seit 2010 Belletristik und Kurzgeschichten. Dabei fühlt er sich im Krimi-Genre genauso wohl wie etwa in Science-Fiction und sozialkritischen Glossen.
2016 wurde sein erster Roman „Pankfurt“ veröffentlicht.
Robert Maier ist verheiratet und hat zwei erwachsene Kinder. Er arbeitet bei einer großen deutschen Fluggesellschaft im IT-Bereich.
Veröffentlichungen bei mainbook: „Virus Cop – Der Tote an der Nidda“ (2019)

1

Zwei Gruppenreisen in einer Stunde. Wenn es bloß an jedem Tag so gut liefe. Kasim schmunzelte, als er sich von seinem Bürostuhl erhob. Er ging ins Hinterzimmer, um sich einen Tee zu machen.

In der Familie war er der einzige Teetrinker. Sabine und die Kinder machten sich nicht viel daraus. In dieser Hinsicht hatten sie nichts von seinen kurdischen Wurzeln übernommen. Sie tranken lieber Kaffee. Nur äußerst selten noch sprach er Kurmandschi, seine Muttersprache. Er dachte und träumte schon viele Jahre auf Deutsch. Dass er fließend Türkisch sprach, war hilfreich für sein Reisebüro, das sich auf Türkeireisen spezialisiert hatte.

Über das laute Rauschen des Wasserkochers hinweg vernahm er das Klingeln der Ladentür. Ständig wurde er von seinen Kunden auf die alte, mechanische Türglocke angesprochen. Manche fanden sie sympathisch, viele aber altmodisch und überkommen. Für ihn war es seit vielen Jahren der unverkennbare Hinweis, dass jemand seinen Laden betrat, ein Signal, das er problemlos aus lauter Musik oder dem Lärm seines Wasserkochers heraushörte.

Er schloss den oberen Hemdknopf, räusperte sich und trat in den Laden hinaus.

»Wo sind sie?!« Der Mann, der ihn am Arm packte, atmete heftig. Seine Augen waren weit aufgerissen.

»Was?« Kasim wurde schwindelig vor Schreck. Er versuchte zu erkennen, was der Andere ihm an den Kopf hielt. Es schmerzte.

»Wo ist der Eingang?«

Er begriff, dass es eine Pistole sein musste, die man ihm an die Schläfe drückte. Seine Knie begannen zu zittern. Er spürte den fordernden Blick des Mannes auf sich.

»Was wollen Sie von mir?«

Der Andere stieß ein böses Lachen aus. Der Schmerz an der Schläfe wurde heftiger.

»Tu einmal in deinem Leben etwas Gutes, bevor ich dich zu deinem Allah schicke!«

Was sollte das bedeuten? Wieso sagte der Mann so etwas? Was hatte er ihm getan? Wollte er ihn tatsächlich umbringen?

»Ich bin nicht gläubig.«

An der wütenden Fratze seines Gegenübers erkannte er, dass es dumm gewesen war, so zu antworten. Aber es stimmte: Er glaubte nicht an den Gott der Moscheen, auch nicht an den der Kirche. Wenn man starb, war man vergangen, weg, existierte nicht mehr.

Nur vage nahm er wahr, dass der Mann ihn ins Hinterzimmer drängte. Überall am Körper spürte er Schweiß, er schmeckte ihn in seinem Mund.

Er glaubte zu fallen. Nein, er fiel tatsächlich. In den Stuhl, wo er eigentlich seinen Tee trinken wollte. Der Mann hatte ihn dorthin gedrängt, sonst wäre er einfach zu Boden gekippt. Auch im Sitzen zitterten seine Knie.

»Das muss eine Verwechslung sein.« Seine Stimme war nur noch ein Flüstern. Er konnte nicht klar denken. Was geschah hier?

Der Andere blickte sich suchend im Raum um, hielt ihm weiter die Pistole an den Kopf. Dann starrte er ihm eindringlich ins Gesicht und kam ihm sehr nahe. Der Druck an der Schläfe wurde unerträglich. Kasim stieß einen heiseren Schrei aus, wollte den Kopf abwenden, konnte ihn aber nicht von der Wand lösen.

»Wo ist der Eingang?!«, schrie der Mann mit der Pistole. Seine Stimme überschlug sich. Sein Gesicht glänzte von Schweiß.

»Ich verstehe nicht.«

Er spürte sein Herz in Panik hämmern. Waren das seine letzten Schläge? Er würde sterben. Jetzt gleich. Auf der Arbeit. In seinem Reisebüro. Wieso? Er dachte an Sabine, an die Kinder. Sie würden sich nie wieder sehen. Was würde aus ihnen werden? Was aus ihm? Wie viele Sekunden hatte er noch zu leben? Würde er im nächsten Augenblick in einem Nichts vergehen? Tot? Ausgelöscht?

Er spürte, wie sich die Hand des Anderen anspannte. Es würde jetzt geschehen. Unausweichlich.

»Hat der Mensch eine Seele?«, flüsterte er, bevor eine schmierige Masse aus Hirn und Blut gegen die Wand spritzte, über den Tisch und über den verstummten Wasserkocher. Kasims Bewusstsein war vergangen, noch bevor sein lebloser Körper die Tasse mit dem Teebeutel herunterriss und mit einem dumpfen Laut auf dem Fußboden aufschlug.

2

Olaf fand den Artikel im Lokalteil. Er war der Redaktion nicht mehr als eine halbe Spalte wert gewesen. Seit dem Mord war bereits eine Woche vergangen, für ein Blatt mit dem Anspruch, aktuelle Nachrichten zu drucken, eine Ewigkeit.

Die Fahrgäste um ihn herum sahen genervt auf, als er die Zeitung mit lautem Rascheln handgerecht faltete. Dann senkten sie die Blicke wieder. Olaf schickte ein freundliches Lächeln in die Runde, aber alle starrten nur geschäftsmäßig auf ihre Displays.

Natürlich las Olaf auch Online-Zeitungen. Meistens aber brauchte er eine echte in der Hand, wenn er Nachrichten las. Er grinste in sich hinein. Die Leute um ihn herum hielten ihn gewiss für einen technisch zurückgebliebenen alten Herrn, weil er ihnen bedrucktes Papier entgegenhielt. Einer von der Sorte, der an der Supermarktkasse nervte, indem er Kupfermünzen zusammenklaubte, um »es passend zu haben«, statt einfach mit Karte zu zahlen.

Wie man sich doch täuschen konnte. Bis vor wenigen Wochen hatte Olaf als Experte für IT-Sicherheit gearbeitet, lange und erfolgreich genug, um mit Ende fünfzig von einer üppigen Rente leben zu können.

Er rückte die Lesebrille zurecht. Das Mordopfer Kasim Y. war, wie es in dem Artikel hieß, in seinem Reisebüro in Bockenheim mit einem Kopfschuss getötet worden. Alles deute darauf hin, so weiter, dass Kasim Y. geradezu exekutiert worden sei. Die Polizei gehe deshalb von einem Auftragsmord der türkischen Mafia aus. Der Artikel schloss mit einigen Zeilen über die steigende Zahl von Schutzgelderpressungen in Frankfurt.

Olaf ließ die Zeitung auf seinen Schoß sinken. Der Anzugträger gegenüber sah gequält auf die Seiten, die in seine Richtung überhingen, stöhnte demonstrativ auf und zog sein Tablet näher an sich heran. Olaf grinste den Mann an, der aber stur auf seinen Bildschirm blickte und gewichtig tat. Dabei spielte er bloß Candy Crush, das hatte Olaf bei einem zufälligen Blick auf den Bildschirm sehen können.

Türkische Mafia. Olaf wollte zwar weitere Morde aufklären, sich mit der Organisierten Kriminalität anzulegen, war aber ein paar Nummern zu groß für ihn. Das ging weit über seine Möglichkeiten als Amateur hinaus.

Bis vor wenigen Wochen war undenkbar gewesen, dass er einmal hobbymäßig Morde aufklären würde. Auch hatte er sein Leben als Rentner völlig anders geplant gehabt. Ganz gewiss hätte er sich damals nicht für den Altersteilzeitvertrag entschieden, wenn er geahnt hätte, was mit Carola, seiner Frau, passieren würde.

Nun hatte er in seinem neuen Leben sehr viel Zeit, genügend Zeit, um neue Talente zu entwickeln. Wie etwa das Aufklären von Mordfällen. Seine alten, bewährten Talente halfen ihm dabei. Der Handyvirus, den er eigenhändig programmiert hatte, zählte ganz gewiss dazu.

Es war ein Jammer, dass er ihn nicht mehr benutzen durfte.

»Nächster Halt: Konstablerwache.«

Hier musste er umsteigen. Er genoss es ein wenig, mit ausladenden Bewegungen seine Zeitung auf die Ausgangsgröße zurück zu falten und anschließend in der Mitte zu knicken.

»Einen schönen Arbeitstag«, wünschte er den abwesenden Gesichtern um ihn herum.

3

Zu Hause in Bornheim angekommen, setzte er als Erstes einen Kaffee auf. Sein Sohn Tobias war noch im Polizeipräsidium, wo er erst seit Kurzem arbeitete. Olaf würde die 4-Zimmerwohnung bis zum Abend für sich alleine haben.

Wie an den Tagen vorher verspürte er den Drang, sofort den Laptop aufzuklappen und Nachrichten des Handyvirus zu lesen, aber den hatte er vor einer Woche deinstalliert. Und das war auch gut so.

Die Ergebnisse des medizinischen Check-ups waren nicht spektakulär. Sein Hausarzt hatte Anmerkungen zu einigen geringfügig erhöhten Werten gemacht, ihm aber ansonsten attestiert, dass er seinem Alter entsprechend kerngesund war. Allerdings sollte er Sport treiben, damit es auch in Zukunft so bliebe, hatte der Doktor hinzugefügt. Es gäbe speziell auf Leute seines Alters zugeschnittene Programme in Fitnessstudios, die würden sogar von seiner Krankenkasse bezuschusst.

Olaf fühlte sich unbehaglich bei dem Gedanken. Sport war für ihn etwas, das er nur sporadisch machte. Mal fuhr er Fahrrad, gelegentlich joggte er sogar. Allerdings musste er sich eingestehen, dass seine letzte Fahrradtour vor einigen Monaten gewesen war. Gejoggt war er zum letzten Mal vor zwei Jahren. Für richtige Fitness müsste er so etwas häufiger und regelmäßig tun. In ein Fitnessstudio würde ihn aber kein Arzt bringen.

Er goss Kaffee in seine Tasse und kippte Milch aus der Tüte hinterher. Ganz bestimmt trank er mehr Kaffee, als gesund war.

Er hatte sich gerade am Küchentisch niedergelassen, als das Telefon zu brummen begann.

»Hallo Olaf, ich wollte mich mal melden.«

Gottfried. Gestern hatte er die Chemotherapie begonnen.

»Ich hoffe, du rufst nicht aus New York, Rio oder Tokio an.«

Gottfried war eigentlich immer irgendwo auf der Welt auf Dienstreise. Ein Glück, dass er nun endlich den ersten Therapietermin angetreten hatte. Ob er zu den Folgeterminen pünktlich erscheinen würde? Olaf war davon nicht überzeugt. Es wäre keine große Überraschung, wenn Gottfried bereits für einen Interkontinentalflug eingecheckt hätte.

»Sei unbesorgt«, klang es aus dem Hörer. »Ich bin in Frankfurt. Und es sieht so aus, als müsste ich noch eine ganze Weile im Krankenhaus bleiben.«

Also war es doch so schlimm, wie es die ganze Zeit den Anschein hatte. Innerhalb weniger Monate war Gottfried zu einem Skelett abgemagert. Seine Umwelt war schockiert über sein Äußeres gewesen, während ihn selbst der Darmkrebs nicht besonders gestört zu haben schien. Mehrmals hatte Olaf Gottfried dazu anhalten müssen, die Therapie zu beginnen, statt sie ständig wegen irgendwelcher Vertragsverhandlungen in Kalifornien zu verschieben. Dass es nun statt der geplanten Einzeltermine zu einem längeren Krankenhausaufenthalt gekommen war, ließ nichts Gutes über Gottfrieds Zustand erahnen.

»Ist es schlimmer, als dein Arzt angenommen hat?«

»Doktor Scharschmidt bleibt bei seiner Prognose von fifty-fifty«, stellte Gottfried klar. »Er will mich zur Beobachtung in der Klinik behalten. Einen Augenblick!«, sagte er unvermittelt.

»Was ist jetzt auf einmal?«

»Die Mail, auf die ich die ganze Zeit gewartet habe. Ich muss kurz das Handy weglegen.«

Olaf schüttelte den Kopf. Gottfried, wie er leibt und lebt. Er sah ein Bild von ihm, im Schlafanzug mit einem Laptop auf einem Krankenhausbett sitzend. Gewiss koordinierte er gerade die Geschicke seiner Abteilung, organisierte ein Executive-Meeting oder stellte wer weiß was an, was man während einer Chemotherapie im Krankenhaus nicht tun sollte. Sein Arzt hatte ihn bestimmt nicht nur aus dem Grund dabehalten, ihm regelmäßig Blut abnehmen zu können. Er wollte verhindern, dass Gottfried das erstbeste Flugzeug nach Übersee besteigen und auf Dienstreise entwischen würde.

Dieser Doktor Scharschmidt war ein Fuchs.

»Das war die Mail von Bob Gionfriddo«, meldete sich Gottfried nach kurzer Zeit zurück. »Er sagt den Workshop im Rheingau zu. Lass mich schnell noch Alaia Bescheid geben, dass sie das Hotel für den 1. September buchen soll.«

Gottfried war wieder weg. Olaf interessierte nicht, wer Bob Gionfriddo war, auch nicht Alaia, wahrscheinlich die Abteilungssekretärin.

»Du willst doch nicht wirklich in drei Wochen in den Rheingau!«, rief er ins Telefon, bekam aber wie erwartet keine Antwort zurück. Gottfried verfasste in diesem Augenblick eine Mail an seine Kollegin, eine Verabredung zu einem Workshop zweier Unternehmen, vermutlich mit anschließender Weinprobe. War am 1. September seine Therapie überhaupt schon zu Ende?

Es dauerte etwa eine Minute, bis Gottfried sich zurückmeldete. »Entschuldige, nun ist das geregelt.«

»Der Rest muss sich aber von alleine regeln«, sagte Olaf. »Sie haben dich nicht zum Arbeiten ins Krankenhaus gesteckt.«

»Das ist doch keine Arbeit«, erwiderte Gottfried lachend. »Was ist aus dem Virus geworden?«, setzte er hinzu. »Du hast ihn doch wirklich gelöscht?«

»Selbstverständlich. Wie wir vereinbart haben«, sagte Olaf mit Nachdruck.

»Ich kenne diesen Unterton«, kam es von Gottfried zurück. »Ich hoffe, der Virus ist mausetot.«

»Doch, doch«, versicherte Olaf. »Unser Fall ist ja gelöst.«

Ohne die Schnüffeleien des Virus hätten Olaf und Gottfried niemals Tobias' letzten Mord aufgeklärt. Allerdings hatte er sich für alle als äußerst gefährlich erwiesen. Es hatte Olaf viel Überwindung gekostet, den Virus zu deinstallieren, aber es war mehr als nötig gewesen.

»Willst du wissen, was seine letzten Worte waren?«

»Die letzten Worte eines Virus? Hast du das Ding gelöscht oder nicht?«

Olaf lachte. »Der Virus ist den Weg alles Irdischen gegangen. Allerdings hat er mir vor seinem Dahinscheiden noch drei Nachrichten geschickt.«

»Ein neuer Mordfall?« Gottfrieds Skepsis schien wie weggeblasen. »Um was geht es genau?«

»Ein gewisser Kasim Yousef wurde erschossen.«

»Der Name klingt türkisch. Ein Deutschtürke?«

»Im Prinzip ja. Er war deutscher Staatsbürger, stammte aus der Türkei, war aber Kurde.«

»Was weißt du über die Umstände?«, fragte Gottfried.

»Der Mann besaß ein Reisebüro in Bockenheim. Er wurde in einem Nebenraum seines Ladens erschossen. Es gibt keine Anzeichen dafür, dass jemand gewaltsam eingedrungen wäre oder es einen Kampf gegeben hätte. Die Polizei glaubt, dass der Mörder wie ein ganz normaler Kunde in das Reisebüro kam.«

»Aber der fragte nicht nach einer Pauschalreise an die Türkische Riviera, sondern erschoss ihn?«

»So wird es gewesen sein. Yousef wurde aus nächster Nähe in die Schläfe geschossen. Es war wie eine Hinrichtung.«

»Ein kurdischer Deutschtürke wurde exekutiert«, resümierte Gottfried. »Das könnte politisch motiviert sein.«

»Vorstellbar. Es gibt da einen gewissen Präsidenten in Ankara, der bei dem Wort Kurde ein Tourettesyndrom bekommt.« Olaf lachte. »Die Polizei ermittelt allerdings in eine andere Richtung: Organisierte Kriminalität, Schutzgelderpressung und so was.«

»Woher weißt du das überhaupt?«, kam es skeptisch vom anderen Ende zurück. »Du hast den Virus doch abgeschaltet.«

»Das war der Stand der Ermittlungen an dem Tag, an dem ich ihn gelöscht habe. Heute steht das übrigens auch in der Zeitung.«

»Dann bin ich beruhigt, was den Virus anbelangt. Gegen die Organisierte Kriminalität zu ermitteln, ist eine Nummer zu groß für uns.«

»Gottfried, du ermittelst da gar nichts!«, sagte Olaf bestimmt. »Sie haben dich ins Krankenhaus gesteckt, und da wirst du brav deine Therapie machen.«

»Selbstverständlich mache ich meine Chemo und alles andere, was die mit mir anstellen wollen«, erwiderte Gottfried. »Das heißt aber nicht, dass ich hier versaure. Ich habe meinen Laptop, mein Smartphone und einen Internetanschluss: Das reicht zum Ermitteln.«

Olaf seufzte. Gottfried war nicht dazu geboren, einen Klinikaufenthalt zur Erholung zu nutzen. Gewiss würde er sich auch noch um die Wahl eines adäquaten Rieslings kümmern, den er mit diesem Ami im Rheingau trinken wollte.

»Gottfried, ich werde Kontrollbesuche machen und überprüfen, ob du auch wirklich im Krankenhaus bist.«

»Hauptsache, du schickst mir keinen Virus«, sagte Gottfried, bevor er auflegte.

4

Kurz darauf brach das Inferno aus. Der Schlagbohrer musste riesig sein! Gestern hatte Olaf bereits einen ähnlichen Lärm erlebt, was nicht ganz ungewöhnlich war, wenn im Haus neue Nachbarn einzogen. Die Familie war vor zwei Tagen mit einem riesigen Möbelwagen und viel Tamtam in das Stockwerk unter ihm eingezogen. Seitdem dröhnte es im Haus mehrere Male am Tag, als wäre in der ersten Etage ein Presslufthammer im Einsatz.

Als Olaf seine Tasse in die Spülmaschine stellte, glaubte er den kreischenden Bohrer in seinem Schädel zu spüren. Es fühlte sich an wie eine Zahnwurzelresektion. So hieß die Marter, der er sich vor einigen Jahren bei einem Kieferchirurgen ausgesetzt hatte. Der Kieferknochen war aufgefräst worden, um die Spitze der Wurzel zu kappen. Das Instrument des Chirurgen hatte Olafs Hirn in Rotation versetzt, und genauso fühlten sich die Bohrgeräusche aus dem ersten Stock an.

Er streifte sich die Jacke über. Bevor er von dem Krach verrückt würde, sollte er besser in den ›Krummen Hund‹ gehen, seine Stammkneipe.

Als er ins Treppenhaus trat, stellte er fest, dass der Bohrer dort noch lauter lärmte als in seiner Wohnung. Die neuen Mieter hatten ihre Tür offengelassen. Er lugte in den Flur hinein und erblickte Umzugskartons, Tapetenrollen und Utensilien zum Streichen.

»Guten Tag.« Olaf fuhr herum. Ein kleiner Junge mit schwarz gescheiteltem Haar streckte ihm die Hand entgegen. Dabei sagte er etwas, das wie »Paul« klang, aber wegen des Lärms nicht wirklich zu verstehen war.

»Hallo. Ich bin Olaf.«

Der etwa 8-Jährige schüttelte ihm mit ernsthafter Höflichkeit die Hand. Dann bedeutete er ihm mit einer Geste zu warten und verschwand eilig in der Wohnung. Augenblicke später verstummte die Bohrmaschine so abrupt, dass die Stille in Olafs Ohren klingelte.

»Ich möchte mich entschuldigen«, rief Olaf dem Mann entgegen, der durch den Flur auf ihn zukam. »Mein Sohn hatte wieder mal die Stereoanlage zu laut.«

Der Mann mit der von Farbe und Putz fleckigen Jeans sah ihn verständnislos an. Er hatte dieselben schwarzen Haare wie der kleine Junge, allerdings eine schickere Frisur und einen elegant gestutzten Bart. »*No Deutsch*«, sagte er, als sie sich die Hände schüttelten. »*I'm Mateu*«, setzte er auf Englisch hinzu. Olaf ordnete den Akzent als einen spanischen ein. Nun war klar, warum sein ironischer Spruch ins Leere gelaufen war.

»*Welcome to Frankfurt*«, sagte er.

Mateu lächelte ihn freundlich an. Wenn das hier erledigt wäre, er zeigte auf die Umzugskisten, würde er ihn auf eine Flasche katalanischen Rotwein einladen.

»*And I will bring a Bembel*«, gab Olaf zur Antwort.

Sein neuer Nachbar machte erwartungsgemäß ein ratloses Gesicht. Olaf erklärte, wofür der Krug mit der Salzglasur gut war. »*You must try Apfelwein*«, fügte er hinzu.

Nachdem Mateu sich nochmals für den Lärm entschuldigt hatte, steuerte Olaf den ›Krummen Hund‹ an.

Dieser Mateu schien ein brauchbarer Nachbar zu sein.

In der kleinen Apfelweinkneipe war nicht viel los. Olaf machte es sich am Tresen auf einem der Barhocker bequem und bekam von Karin sofort einen Sauergespritzten hingestellt.

»Erlaubt dir dein Arzt überhaupt Alkohol zu trinken?«, fragte sie mit gespielter Schnippischkeit. Karin war wie immer gut über ihre Stammgäste informiert, so auch über Olafs heutigen Arztbesuch.

»Er hat mir Sport verordnet: Muckibude, Joggen und Radfahren.«

»Du kannst bei uns mitkicken.« Wie aus dem Nichts war Günther aufgetaucht. »Wir spielen jeden Mittwochabend in der ›Buga‹.« Er stellte sein Glas auf den Tresen und setzte sich auf den Hocker neben Olaf.

»Lass stecken.« Olaf grinste. »Ich fange erst mal mit Schach an. Das wird bald olympische Disziplin.«

Günther lachte. »Und danach verschärftes Hallen-Jo-Jo? Versuch's mal mit Fußball. Wir sind eine kleine, aber feine Truppe sympathischer Herren und nehmen gerne frisches Blut auf.«

»Mein Blut ist aber fast sechzig Jahre alt.«

»Damit wirst du den Altersdurchschnitt senken. Überleg dir mal, ob du bei uns einsteigst. Da spielt übrigens einer von der Eintracht mit, der war in den Neunzigern Stammspieler in der Amateurmannschaft.«

Olaf wusste, dass er nun schnell das Thema wechseln musste. Wenn es stimmte, was er gerne und oft im ›Krummen Hund‹ erzählte, kannte Günther einige ehemalige Eintrachtspieler, die in den Neunzigern aktiv gewesen waren. Einmal bei dem Thema Eintracht Frankfurt angekommen, würde er davon nicht mehr abzubringen sein.

»Hast du von dem Mord in Bockenheim gehört?«

Günther blickte Olaf irritiert an. »Reisebüro Yousef«, sagte er. »Spezialist für Türkeireisen.«

»Du bist aber gut informiert!« Olaf war beeindruckt. »Hast du den Mann gekannt?«

»Nicht persönlich.« Günther nahm einen Schluck Apfelwein. »Eine Freundin von mir, Bettina, wohnt einige Häuser weiter. Sie hat mir erzählt, was es mit dem Mord auf sich hat.«

Das Gespräch nahm eine völlig unerwartete Wendung. Olaf konnte im ›Krummen Hund‹ bei einem Äppler Ermittlungen anstellen.

»Bettina kannte Yousef nicht wirklich gut«, setzte Günther fort. »Sie sagt, sie sei drei- oder viermal in seinem Laden gewesen. Und es hätte sie nicht gewundert, dass es mit ihm ein solches Ende genommen hat.« Er genehmigte sich einen weiteren Schluck von seinem Glas.

»Günther, nun mach es nicht so spannend. Was war mit dem Typen, dass deine Bettina so was sagt?«

Günther nahm noch einen Schluck und schien das Glas absichtlich langsam auf den Bierdeckel zurückzustellen. »Bettina meint, Yousef sei ein schmieriger Typ, das hätte sie sofort bemerkt. Und dann hat sie erfahren, dass der Mann auf kleine Mädchen stand.«

»Yousef war pädophil?«

Günther nickte. »Bettina sagt, die Spatzen zwitschern es von den Dächern. Jeder in der Nachbarschaft weiß Bescheid, aber die Polizei hat nichts dagegen getan.«

»Hat sie ihn angezeigt?«

»Sie hatte ja keine Beweise, mit der sie zur Polizei hätte gehen können. Angeblich sollen mehrmals Leute gegen Yousef Anzeige erstattet haben, aber das hätte die Polizei nicht dazu bewegt, etwas zu unternehmen.«

»Der Mörder könnte der Vater eines der Missbrauchsopfer sein«, sagte Olaf nachdenklich.

»Möglich«, meinte Günther. »In diesem Fall hoffe ich, dass der Mord nie aufgeklärt wird.«

Als er zurück in seiner Wohnung war, zog es Olaf zu seinem Virusprogramm. Der Virus hatte sich bei seinem ersten Mordfall als unerhört nützlich erwiesen. Allerdings hatte er auch einige unerklärliche Macken.

Olaf setzte sich an den Laptop und öffnete die Entwicklungsumgebung für den Virus. Wie oft hatte er in den letzten

Tagen auf den Quellcode gestarrt, war ihn Zeile für Zeile durchgegangen, nur um dann doch keinen Fehler zu finden?

Er startete den Virus in der abgesicherten Testumgebung, dort wo er kein Unheil anrichten konnte. Mit einem beinahe zärtlichen Gefühl blickte er auf das vertraute Konfigurationsfenster mit den bunten Knöpfen. Hätte er die Software nicht eigenhändig programmiert, könnte er es für das Einstellungsfenster eines harmlosen Computerspiels halten. Doch der Virus war kein Programm zur Errichtung eines Ponyhofs. Er war eine Sammlung brandgefährlicher Spionagewerkzeuge. Auf dem Handy eines Opfers installiert, könnte man schier alles damit anstellen: Passwörter, Fotos und Videos herunterkopieren, Telefonate mitschneiden, Chatprotokolle lesen und vieles Heikles mehr. Und natürlich wäre es möglich, sich auf die Kamera des Handys zu schalten. Dadurch könnte man ein Opfer rund um die Uhr mit Bild und Ton überwachen. Eine perfekte Wanze, die das Opfer freiwillig mit sich herumtragen würde. Schaurige Vorstellung, dass solche Viren von Geheimdiensten und Kriminellen ganz gewiss eingesetzt wurden.

Auch Olaf hatte seinen Virus genutzt: auf dem Handy seines Sohnes. Allerdings nicht mit der Absicht, ihn auszuspionieren. Nur eine einzige, wirklich ungefährliche Funktion hatte er aktiviert: Tobias' Telefon sollte, ganz gleich, was sein Besitzer eingab, stets eine Nummer im Frankfurter Rotlichtviertel wählen. Zugegeben, ein etwas deftiger Scherz, vor allem, weil sich das alles auf Tobias' Diensthandy abspielte. Es wurde rasch klar, dass Olaf diese Funktion schnellstmöglich ausschalten musste, sollte sein Sohn vor den Kollegen nicht wie ein unfähiger Idiot dastehen. Tobias' Handy wählte fortan wieder die Telefonnummern, die er eingab. Allerdings zeigte sich, dass der Virus auf eigene Faust etliche Funktionen aktiviert hatte. Olaf konnte sich dieses Eigenleben der Software nicht erklären, war aber nicht unglücklich über die Informationen, die der Virus ihm geliefert hatte: vertrauliche

Dokumente der Polizei, ausschließlich für Tobias und seine Kollegen bestimmt.

Und selbst heute hatte Olaf nur eine vage Ahnung, warum der Virus das getan hatte.

5

Bis jetzt hatte Olaf bloß zwei Anknüpfungspunkte, zu denen er recherchieren konnte. Neben den Gerüchten über Yousef war es das Reisebüro. Am nächsten Morgen, gleich nach dem Frühstück, machte er sich auf den Weg dorthin. Es galt, sich einen Eindruck von dem Ort zu verschaffen, der zugleich Yousefs Arbeitsplatz und der Tatort für seinen gewaltsamen Tod gewesen war. Wenn es ihm darüber hinaus gelänge, einen Draht zu Yousefs Angestellten zu bekommen, könnte er hoffentlich weitere Hinweise erhalten.

Das Reisebüro befand sich in der Nähe der Bockenheimer Warte. Als Olaf vor dem Schaufenster stand, wurde ihm bewusst, wie oft er schon daran vorbeigelaufen war. Dass es einmal der Schauplatz eines Mordes sein könnte, war ihm nie in den Sinn gekommen.

Die Werbebilder im Schaufenster zeigten glückliche Menschen an Sandstränden: ein eigentümlicher Kontrast zu dem Verkehrslärm auf der Straße. Über dem Fenster war der Schriftzug »Reisebüro Yousef« zu lesen, »Ihr Türkei-Experte«. Durch die Scheibe konnte Olaf einen Verkaufstresen erkennen. Davor standen gepolsterte Stühle für die Kunden. An der Scheibe der Eingangstür klebte von innen ein DIN-A4-Blatt. »Wegen Trauerfall geschlossen« war darauf zu lesen. Olaf probierte dennoch, die Türe zu öffnen, spürte aber sogleich, dass sie zugesperrt war.

»Der Laden wird so schnell nicht mehr aufmachen.«

Der Mann hinter ihm musste aus dem Nichts gekommen sein. Er trug ein legeres Freizeithemd über einer modischen Jeans. Der Streifen Bart an seinem Kinn war nicht ungewöhnlich für einen Mittvierziger, wirkte aber wie ein vertikaler Schnurrbart.

»Ich habe es gerade gelesen: Trauerfall«, sagte Olaf.

»Ich frage mich, ob das wirklich ein Fall für Trauer ist.« Der Mann grinste spöttisch.

»Wieso sollte es das nicht sein? Ich schätze, es ist jemand aus der Familie gestorben?«

»Der Chef von dem Laden«, sagte der Mann. »Er wurde erschossen.«

»Erschossen?« Olaf spielte den Verblüfften. »Jetzt fällt es mir wieder ein: In der Zeitung stand ein Artikel über einen Mord in einem Reisebüro. Das ist *hier* passiert?«

»Genau hier. Letzte Woche Mittwoch«, bekräftigte der Andere mit einem Kopfnicken.

»Wie schrecklich für die Familie.« Olaf tat beeindruckt. »Sie wird unter Schock stehen.«

Der Mann nickte knapp.

»Was weiß man mittlerweile über den Mord? In der Zeitung stand, er könnte mit der Organisierten Kriminalität zu tun haben.«

»Das habe ich auch gelesen«, sagte der Andere. »Auf jeden Fall hat es mit Yousef nicht den Falschen erwischt.« Er sagte das mit der Überzeugung eines Mannes, der sich seiner Sache sicher ist.

»Wissen Sie mehr über den Mord, als in der Zeitung steht?«, fragte Olaf.

Der Mann grinste bitter und trat einen Schritt auf ihn zu. Er senkte die Stimme. »Seit einiger Zeit ist bekannt, dass Yousef auf kleine Mädchen stand.«

»Er war ein Kinderschänder?«

Der Mann nickte. »Hier in diesem Haus, im Keller, hat er sich an unzähligen Kindern vergangen. Aber nicht nur das: Er hat einen regelrechten Pädophilenring betrieben. Das muss ein einträglicher Handel sein. Die vermieten kleine Mädchen oder verkaufen sie an die Höchstbietenden.«

»Das ist ja monströs!«

»Verstehen Sie jetzt, warum ich über den Tod dieses Typen alles andere als traurig bin?«

Olaf betrachtete sein Gegenüber. Er wirkte sympathisch und offen, wie einer, in dessen Gesellschaft man sich wohl fühlt. Nicht wie jemand, dem man nicht glauben sollte, was er erzählt. Wie aber sollte Yousef all diese schrecklichen Dinge getan haben, wenn die Nachbarschaft darüber Bescheid wusste?

»Wenn bekannt war, dass in diesem Reisebüro Kinder missbraucht wurden, wieso ist dann die Polizei nicht eingeschritten?«

»Es gab mehrere Anzeigen gegen Yousef, aber die sind alle im Sande verlaufen.«

»Man hat ihm nichts nachweisen können?«

»Eine einzige Hausdurchsuchung hätte gereicht, um unzählige Kinder zu retten. Die Polizei hat aber überhaupt nichts getan. Wahrscheinlich stellen Polizisten lieber Radarfallen auf, als den Laden eines Kinderschänders zu durchsuchen«, setzte der Mann sarkastisch hinzu.

»Wer, glauben Sie, hat ihn erschossen? Jemand aus der Nachbarschaft?«

»Ich war es ganz bestimmt nicht.« Der Mann trat mit gespielter Unschuldsgeste einen Schritt zurück. »Vielleicht war es jemand von hier. Ich glaube aber eher, ein Angehöriger eines der missbrauchten Kinder, vielleicht ein Vater, hat sich eine Waffe gekauft, um den Typen selbst zu richten. Es könnte aber auch jemand aus Yousefs Pädophilenring gewesen sein. Mit Kinderprostitution kann man viel Geld verdienen. Vielleicht ist er einem Konkurrenten zum Opfer gefallen.«

Der Mann verstummte und blickte finster durch das Schaufenster in das verwaiste Reisebüro.

»Missbrauch von Kindern, Pädophilenring und das alles – woher wissen Sie das überhaupt?«, fragte Olaf schließlich.

»Ganz gewiss nicht aus den Zeitungen.«

»Woher dann?«

»Durch eigene Recherche.«

»Sind Sie Journalist?«, entgegnete Olaf.

Der Mann sah ihn mit einem Grinsen an. »Nein. Aber ich kann zwischen den Zeilen lesen und achte darauf, was nicht gesagt wird.« Er wartete nicht auf eine Antwort. »Ich muss dann mal.« Er wandte den Blick ab. »Hoffentlich ist dieser Spuk bald vorüber.«

»Welcher Spuk?«, fragte Olaf, aber der Mann setzte sich bereits in Bewegung.

Olaf blickte ihm eine Weile hinterher. Ein Spuk?

6

Olaf wartete an einer roten Fußgängerampel, als das Handy in seiner Tasche vibrierte.

Ein Gewitter von Bildern zog durch seinen Kopf, als er sah, wer der Anrufer war: Sara. Sie hatte in seinem letzten Fall eine Schlüsselrolle gespielt. Noch heute konnte er es nicht fassen, dass er mit dieser jungen, hübschen Frau im Bett gelandet war.

»Ich bin zurück aus Mallorca und möchte dich treffen.« Diese geradezu geschäftsmäßig anmutende Feststellung hatte nichts mit der verführerischen Stimme zu tun, die er sonst von ihr kannte.

»Hast du dir eine nette Finca gekauft?«

Sie lachte. Das sinnliche Lachen, das er an ihr mochte. »Ich habe keine Finca gekauft«, erwiderte sie in demselben sachlichen Tonfall wie vorher, »sondern eine zu Geld gemacht.«

Sara hatte gut für sich gesorgt. Gewiss würde sie nicht auf ihre Designerklamotten verzichten müssen, auch nicht auf das riesige Haus in Kronberg, denn nun hatte sie einen Millionenbetrag mehr auf der Bank.

»Dann kannst du mal einen ausgeben.« Er erschrak, noch während er sprach, über den dämlichen Spruch. Für den ›Krummen Hund‹ wäre das eine angemessene Antwort gewesen. Für eine Frau wie Sara, die es gewohnt war, von distinguierten Herren aus dem höheren Management umworben zu werden, musste es banal klingen. Hoffentlich hatte er nicht gerade die letzte Chance verspielt, ihr wieder so nahe zu kommen wie zuvor.

»Das werde ich gerne tun«, sagte sie in dem Tonfall, in dem sie vermutlich mit ihrem Opa sprach. »Um sieben im Restaurant Enrico?«

Also ein Treffen auf neutralem Boden. »Um sieben«, bestätigte er. Er fühlte sich ernüchtert, als er das Handy zurück in die Jackentasche steckte. Er musste sich mit dem Gedanken vertraut machen, den väterlichen Freund zu geben.

Während des Telefonats mit Sara war die Fußgängerampel grün geworden, er hatte die Straße aber nicht überquert, und nun war die Ampel für ihn wieder rot.

Gerade hielt er Ausschau nach dem geeigneten Moment für ein verkehrswidriges Überqueren der vielbefahrenen Straße, als das Handy erneut brummte. Diesmal war Gottfried dran.

»Wie gehen die Ermittlungen voran?«

Olaf verdrehte die Augen. »Genieße deine Therapie und halt dich einfach mal aus allem raus.«

»Ich sitze brav auf meinem Bett. Mehr kann Doktor Scharschmidt nicht von mir verlangen.«

»Und auf dem Schoß hast du gewiss deinen Laptop, und dein Handy scheint ja auch in deiner Nähe zu sein.«

Gottfried lachte in der hüstelnden Art, die nicht zu ihm, sondern zu seiner Krankheit gehörte. »Ich habe alle Zeit der Welt, dich zu unterstützen.«

»Wenn ich dich brauche, sage ich Bescheid. Jetzt werde aber erst mal gesund.«

»Dafür sorgt ja das Krankenhauspersonal«, erwiderte Gottfried, »und die machen das sehr professionell. Ich brauche bloß herumzuliegen. Da kann ich die eine oder andere Recherche machen oder mit dir an dem neuen Fall knobeln.«

Olaf seufzte. Gottfried in ein Krankenhaus einzusperren, war wie einen Zugvogel im Käfig zu halten. Die Ärzte versuchten, ihn vor dem Krebs zu retten, aber er lief Gefahr, vor Langeweile zu sterben. »Also gut, was willst du wissen?«, lenkte er ein.

»Alles«, kam von Gottfried zurück. »Was hast du herausgefunden?«

Wieder war die Ampel von Grün auf Rot gesprungen.

»Ich kann das nicht einfach so auf der Straße erzählen. Neben mir stehen Leute, die alles mithören.«

»Dann stelle ich dir Fragen, die du mit Ja oder Nein beantwortest«, schlug Gottfried vor. »Hat sich die Theorie mit der Organisierten Kriminalität erhärtet?«

Olaf stöhnte auf. »Ich bin nicht in der Stimmung für Ratespiele. Ich schicke dir eine Nachricht, wenn ich zu Hause bin.«

Er beendete das Gespräch, bevor Gottfried etwas erwidern konnte.

Die Ampel stand noch auf Rot. Ob er jemals diese Straße überqueren würde? Er stellte das Handy laut. Gerade, als er es zurück in die Tasche stecken wollte, erwachte es mit Radau zum Leben:

»*Ritz am Baa, Ritz am Baa* …« Das alte Faschingslied. Er hatte es eigens für Uwe ausgewählt, um sich ein wenig über den alten Rocker lustig zu machen. Jetzt auf der Straße inmitten der Passanten, die ihn mit irritierten Blicken musterten, kam ihm der Klingelton doch etwas albern vor.

»Hey Olaf, alles frisch?«

Die Ampel war grün. Rasch setzte er sich in Bewegung. »Ich kann nicht genug klagen. Was treibt dich um?«

Selbstverständlich war das eine rhetorische Frage, denn Olaf kannte den Grund für Uwes Anruf. Der setzte alles daran, die Band von früher wiederzubeleben. Olaf war nicht überzeugt, ob er an die ohrenbetäubenden Rock-Exzesse seiner Jugend anknüpfen wollte, hatte aber versäumt, zum richtigen Zeitpunkt laut und deutlich Nein zu sagen.

»Ich bin gerade dabei, die erste Probe zu organisieren. Montag neunzehn Uhr?«

Uwe wollte tatsächlich den Sack zumachen. »So bald? Haben wir denn einen Proberaum?«

»Klar«, kam es von Uwe zurück, »sogar einen richtig geilen.«

Olaf wusste, dass von ihm nun ein »Und wo ist der?« und ein »Was ist das Geile daran?« erwartet wurde, entschloss sich aber, für den Moment ungnädig zu sein.

»Wir proben bei Hubert im Keller«, kam es nach einer kurzen Pause begeistert zurück.

»Bei ihm zu Hause?« Sollte die Band etwa im Kellerabteil eines Mehrfamilienhauses üben?

»In *seinem* Keller«, stellte Uwe entzückt klar. »Er hat sein eigenes Haus. In Preungesheim. Jetzt haben wir einen Proberaum und müssen nicht einmal Miete dafür zahlen.« Uwe klang, als verkündete er gerade, sechs Richtige im Lotto zu haben. »Also Montag neunzehn Uhr?«

Olaf hatte die Bockenheimer Warte erreicht. »Das sollte klappen«, sagte er ins Telefon. »Auf uns wartet eine goldene Zukunft als Rockstars.«

Er hörte noch Uwes gackerndes Lachen, bevor er auflegte.

Olaf stieß einen leisen Fluch aus, als kurz darauf schon wieder das Telefon rumorte. Diesmal war es Tobias.

»Hallo Papa. Ich habe heute Morgen meine Crunchies leergemacht. Du gehst heute doch bestimmt noch einkaufen. Kannst du mir welche mitbringen?«

»Okidoki. Mach' ich.«

Es war ein kurzes Telefonat. Olaf würde das Zeug auf der Berger Straße besorgen und sich danach das Geld aus der gemeinsamen Haushaltskasse nehmen.

Ein seltsames Gefühl, mit seinem erwachsenen Sohn in einer Art WG zusammen zu wohnen. Dabei schien Tobias geglaubt zu haben, er würde seinem Vater etwas Gutes tun, als er nach Carolas Tod zurück in die elterliche Wohnung gezogen war. Manchmal benahm er sich allerdings wie ein Nesthocker, was ganz und gar nicht zu seiner Rolle als Polizist passte.

Noch immer war es für Olaf ein Rätsel, warum sein Sohn zur Polizei gegangen war. Das Soziologiestudium wäre genau sein Ding gewesen. Damals war Tobias von seinem Studium begeistert gewesen, hatte gerne und kompetent erzählt, womit er sich in der Uni beschäftigt hatte. Und dann diese unerwartete Wende. Hätte er das Studium abgeschlossen, wäre Tobias gewiss glücklicher geworden, definitiv glücklicher als bei der Mordkommission, wo er alles andere als erfolgreich war und seine Kollegen ihn spüren ließen, dass sie ihn für den Job ungeeignet hielten. Tobias war einfach nicht der richtige Typ, um Bulle zu sein. Sein Sohn brauchte unbedingt einen Erfolg. Dadurch könnte er ein bisschen Vertrauen in seine Arbeit gewinnen und sein Ansehen bei den Kollegen verbessern.

Es war ein ausgesprochener Glücksfall gewesen, als der Virus plötzlich geheime Informationen zu Tobias' damaligem Mordfall an Olaf geschickt hatte. Nicht nur für Olafs Neugierde und Abenteuerlust, auch als Gelegenheit, hinter Tobias' Rücken eigene Ermittlungen anzustellen.

Leider hatte sein Chef die Lorbeeren eingeheimst, als Tobias den Mörder auf dem Silbertablett serviert bekommen hatte.

Das würde Olaf mit dem Mörder von Kasim Yousef nicht passieren!

7

Als Olaf um kurz vor sieben das Restaurant Enrico betrat, fühlte er sich am falschen Ort. Dem Kellner, der ihn mit arroganter Freundlichkeit nach seiner Reservierung fragte, nannte er Saras Namen. Er wurde an elegant eingedeckten Tischen vorbei zu seinem Platz am Fenster geleitet.

Sara war noch nicht da. Er vertrieb sich die Zeit zunächst damit, die Restaurantgäste zu beobachten: Durchschnittsalter Ende dreißig, Krawatten, edle Damenhandtaschen, viel Geld. Hier zu essen, könnte eine kostspielige Angelegenheit werden. Er nahm sich die Speisekarte vor und wurde durch die saftigen Preise neben den ausschweifend beschriebenen Gerichten in seiner Einschätzung bestätigt.

Der Kellner fragte ihn, was er zu trinken wünschte. An den Nachbartischen wurden vorwiegend Cocktails und Wein getrunken, für Olaf ein Grund, einen Sauergespritzten zu bestellen.

»Einen Tiefgespritzten, bitte.«

Das Gesicht des Kellners entgleiste für eine Sekunde, bevor er eine hochnäsige Miene aufsetzte. »Wir haben keinen Apfelweinausschank.«

»Kein Apfelwein in einem Frankfurter Restaurant!« Olaf schüttelte in gespieltem Tadel den Kopf, merkte aber gleich, dass seinem Gegenüber der Sinn für diese Art Humor fehlte. »Dann bringen Sie mir bitte die Weinkarte.«

Es dauerte vornehme zehn Minuten, bis Olaf die Karte an seinen Tisch bekam. Nach eingehendem Studium der mit üppigen Beschreibungen ausgestatteten Weinkarte bestellte er eine Flasche Vinho Verde von einem, wie es schien, hochbegabten portugiesischen Winzer. Vielleicht traf er damit Saras Geschmack.

Er sah auf dem Handy nach, ob sie ihm vielleicht eine Nachricht geschickt hatte. Immerhin waren es beinahe dreißig Minuten über die vereinbarte Uhrzeit. Als er vom Handy aufblickte, sah er sie zum Restaurant hereinkommen. Es war ein großartiger Auftritt. Sie tauschte Bussis mit einem der Kellner am Empfang aus, dann mit einem graumelierten Herrn, der vermutlich der Eigentümer, mindestens aber der Geschäftsführer war. Sie trug eine aufregend enge Stretchhose und ein ausgeschnittenes rotes Top. Die schwarzen Locken wippten, als sie auf Olafs Tisch zulief. Ihm wurde klar, dass er aufstehen und Bussi geben sollte. Es war ein verwirrendes Gefühl, ihren Körper zu riechen und die seidenen Wangen mit seinen zu berühren. Alle im Restaurant schienen sie anzusehen. Auch als sie sich setzten, schauten einige Leute zu ihnen herüber.

»Oh, du hast Vinho Verde bestellt«, rief sie überschwänglich.

Er goss ihr aus der Flasche ein. »Laut Weinkarte der beste und tollste Weißwein, der je auf diesem Planeten hergestellt wurde«, sagte er mit einem schiefen Grinsen. »Ich hoffe, er schmeckt dir.«

»Ich werde ihn testen.« Sie hob das Glas, um mit ihm anzustoßen. Olaf fiel auf, dass sie das mit der zur Schau gestellten Begeisterung eines It-Girls tat, das einen hochdotierten Vertrag zu erfüllen hatte, nicht wie die Sara, die er gewohnt war.

Kannte er sie überhaupt?

Als sie das Glas abstellte, verzog sie genussvoll das Gesicht.

»Wie geht es dir jetzt?« Olaf hatte sich zu der offensten Frage entschlossen, die ihm in den Sinn gekommen war.

»Befreit«, sagte Sara. »Ich verjuxe das Geld meines Mannes.« Sie nahm einen weiteren Schluck. Das Glas war bereits fast leer.

»Die Finca auf Mallorca«, Olaf schenkte ihr nach. »Du hast sie verkauft.«

»Es musste schnell passieren. Deshalb bin ich kurzfristig nach Palma geflogen.«

Der Kellner stellte Oliven und einen Brotkorb auf den Tisch. Sara schenkte ihm ein strahlendes Lächeln, das er mit einem diskreten Schmunzeln erwiderte. Der graumelierte Herr, der Sara zuvor begrüßt hatte, erschien, um die Bestellung aufzunehmen. Offenbar wurde Sara stets vom Chef persönlich bedient. Olaf hatte sich bereits für das Risotto mit Steinpilzen entschieden. Als Sara zu ihren Pappardelle als Nachspeise eine Mousse au Chocolat orderte, bestellte auch er eine. Mit der Miene eines Mannes, der die Gäste zur getroffenen Wahl der Speisen nur beglückwünschen konnte, verschwand der Graumelierte in den Tiefen des Restaurants.

»Hast du dein Honorar bekommen«, fragte sie, als sie wieder unter sich waren, »oder bist du leer ausgegangen, weil die Polizei den Fall selbst gelöst hat?«

Wie es schien, glaubte sie noch immer, er wäre ein Privatdetektiv.

»Ich habe das sowieso quasi ehrenamtlich gemacht.«

Sie lachte so heftig, dass erneut alle im Restaurant zu ihnen herübersahen. Es war nicht das sinnliche Lachen, das sie sonst auszeichnete. Es klang, als würde sie ihn auslachen. »Ich glaube nicht, dass du ein privater Ermittler bist«, sagte sie spöttisch.

»Ich bin tatsächlich so etwas wie ein ehrenamtlicher Privatdetektiv«, stellte Olaf klar. »Ich arbeite ohne Bezahlung, sogar ohne Auftrag, und habe meine ganz eigenen Methoden.«

»Auf den Robin Hood von ›Frankfurt Forrest‹!« Sie prostete ihm mit einem ironischen Grinsen zu. Dann nahm sie einen großen Schluck. »Welche Methoden zeichnen dich als Superspürnase aus?«

»Willst du es wirklich wissen? Ich müsste dazu ein wenig ausholen, um es zu erklären.«

Sara griff nach ihrem Glas, schien zu bemerken, dass es nach einem weiteren Schluck leer wäre, und stellte es, ohne zu trinken, zurück auf den Tisch. »Mir ist sowieso langweilig, und Zeit haben wir genug.« Sie schien sich bewusst ein wenig nach vorne zu beugen, um Olaf einen verwirrenden Blick in ihr Dekolleté zu gewähren.

»In meinem letzten Fall habe ich einen Handyvirus eingesetzt«, begann Olaf. Er erklärte, wie er durch ihn die vertraulichen Informationen der Polizei erhalten hatte. Dass dies zunächst unbeabsichtigt passiert war, verschwieg er allerdings, ebenso die vielen Irrtümer, denen er im Laufe der Ermittlungen aufgesessen war.

Sara hörte ihm so gespannt zu, dass sie vergaß, von ihrem Wein zu trinken. »Und du hast den Virus tatsächlich selbst programmiert?«, fragte sie schließlich.

Olaf erzählte von seinem Beruf als IT-Experte, dass er als Security-Spezialist gearbeitet hatte, seit Kurzem erst in Rente war, und von seinen Hackerwerkzeugen, die er für seine ganz und gar nicht legalen Einsätze nutzte.

»Du kannst wirklich Daten von fremden Laptops abgreifen?« In ihrer Stimme lag beides, Skepsis und Bewunderung.

»Auf diese Weise bekam ich die entscheidenden Informationen zu dem Fall.«

Sara trank ihr Glas leer, Olaf schenkte nach. Sie lächelte ihn selig an. Offenkundig hatte sie von dem Wein einen Schwips. Die Flasche war leer.

»Soll ich noch einen Vinho Verde bestellen?«

»Auf keinen Fall!«, sagte sie etwas zu laut.

Vernünftiges Mädchen, dachte Olaf.

»Zum Essen trinken wir einen Primitivo.«

Sie winkte dem Graumelierten, der eilfertig ihre Wein-Bestellung entgegennahm.

»Bist du wieder an einem ehrenamtlich zu lösenden Mordfall dran?«, fragte sie daraufhin.

Olaf zögerte einen Moment. Er hatte Sara gerade so viel über seine kriminalistischen Eskapaden erzählt wie, von Gottfried abgesehen, niemand anderem. Sollte er sie nun auch noch in den neuen Fall einweihen?

»Kannst du Geheimnisse für dich behalten?«

Sie blickte ihn herausfordernd an. Fast glaubte er zu sehen, dass sie sich erregt auf die Unterlippe biss.

»Bei mir sind deine schmutzigsten Geheimnisse bestens aufgehoben«, säuselte sie ironisch.

8

Olaf hatte alles, was er von Günther und dem Mann vor dem Reisebüro erfahren hatte, für Gottfried in einer Nachricht zusammengefasst. Wie erwartet, wollte der sich aber nicht mit einer Messenger-Nachricht abspeisen lassen, sondern den Fall telefonisch durchsprechen. Sie hatten zweiundzwanzig Uhr verabredet.

Olaf spürte den Alkohol in seinem Kopf herumschwirren, als er seine Wohnung erreichte. Auch wenn Sara mehr getrunken hatte als er, hatten sie zusammen zwei Flaschen Wein geleert.

Sein Sohn Tobias war für heute Abend mit Freunden verabredet und würde nicht zu Hause übernachten. Olaf hatte also »sturmfrei«, wie seine Kinder das früher genannt hätten.

Um fünf vor zehn spielte das Handy ›The Passenger‹ von Iggy Pop, Gottfrieds Klingelton. Dem musste fürchterlich langweilig sein.

»Sie wünschen?«, meldete sich Olaf im Stile eines altmodischen Herrenausstatters.

»Witzbold. Hier ist Gottfried.«

»Wird bei euch im Krankenhaus nicht um neun das Licht ausgeknipst?«

»Ich habe mich auf dem Jungsklo eingesperrt«, spielte Gottfried mit. »Aber nun ernsthaft: Yousef soll der Kopf eines menschenverachtenden Pädophilenrings sein, und die Boulevardzeitungen stürzen sich nicht darauf? Niemals.«

Olaf nahm mit einem Glas Sprudelwasser am Esstisch Platz. »Vielleicht hält die Polizei die Information unter Verschluss, um an weitere Hintermänner heranzukommen.«

»Möglich. Aber warum wird dann verbreitet, sie ermitteln in Richtung Organisierte Kriminalität? Die Polizei könnte sich völlig bedeckt halten oder etwas weniger Spektakuläres kolportieren als Bandenkriege und Schutzgelderpressungen.«

»Du meinst, wir sollten die Organisierte Kriminalität als Option nicht ausschließen?«

»Absolut. Weil die Polizei davon ausgeht.«

»Ich habe keine Lust, mich mit einer Mafia anzulegen«, sagte Olaf. »Da kann man schnell mal von einer Bombe in die Luft gesprengt werden …«

»Oder man wird im Fundament eines Neubaus einzementiert«, unterbrach ihn Gottfried. »Das stelle ich mir äußerst unangenehm vor. Trotzdem dürfen wir die Option nicht verwerfen. Der Mord an Yousef kann mit der Organisierten Kriminalität oder zumindest mit Schutzgelderpressung zu tun haben.«

»Vielleicht veröffentlicht die Polizei diese Theorie nur deshalb, weil die meisten sie im Falle eines Deutschtürken plausibel finden«, sagte Olaf sarkastisch.

»Ich weiß«, kam es von Gottfried zurück. »Und diese Partei Deutsche für Deutschland sorgt mit ihrer Hetze dafür, dass immer mehr Leute so denken.«

»Leider. Und wie es scheint, ist diese Art Propaganda völlig legal.« Olaf betrachtete die hüpfenden Kohlensäurebläschen in seinem Glas und trank es in einem Zug leer. Er unterdrückte einen Rülpser. »Okay, wir schließen die Organisierte Kriminalität nicht aus. Bandenmäßiger Kindesmissbrauch fällt allerdings in diese Kategorie.«

»Bisher hast du von diesen Ungeheuerlichkeiten bloß in der Kneipe gehört und von einem Passanten auf der Straße. Das ist erst mal Klatsch und Tratsch.«

»Oder üble Nachrede«, stimmte Olaf zu.

»Es gibt aber eine weitere Möglichkeit, die wir nicht ausschließen dürfen«, sagte Gottfried. »Der Mord an Yousef könnte ein politischer sein.«

»Richtig. Yousef war ja Kurde.«

»Auf jeden Fall denkbar. Es könnte womöglich sogar der türkische Geheimdienst dahinterstecken.«

Olaf setzte sein Glas an und entlockte ihm einen allerletzten Tropfen. Er brauchte mehr Wasser. »Das klingt nach einer Menge Arbeit«, sagte er schließlich.

»Eine *herausfordernde* Arbeit«, erwiderte Gottfried unternehmungslustig. »Laut Doktor Scharschmidt werde ich vermutlich am Montag entlassen, und ich werde mich zu Hause auf keinen Fall ins Bett legen.«

Wenn Gottfried so redete, schrillten bei Olaf die Alarmsirenen. Der würde es fertigbringen, von den USA aus Recherchen zum Fall anzustellen, oder in Timbuktu.

»Gottfried, du musst dich schonen, sonst wird das nichts mit deiner fifty-fifty-Heilungschance.«

»Ich bin körperlich angeschlagen, kann aber im Internet recherchieren. Du kannst im echten Leben ermitteln. Ich schlage vor, du triffst dich mit der Frau unseres Opfers. Dann wissen wir mehr über Yousef und sein Umfeld.«

»Ich bin noch unsicher, wie ich das einfädle. Ich muss mir etwas einfallen lassen, damit sie überhaupt mit mir spricht.«

»Die Nachbarn verbreiten, ihr Mann wäre ein Kinderschänder gewesen, und die Zeitungen, er wäre in die Organisierte Kriminalität verwickelt. Es ist in ihrem Interesse, mit den Medien zu reden, um die Verdächtigungen zu entkräften. Versuch es bei ihr als Journalist.«

»Gottfried, du bist eine Nervensäge, aber deine Ideen sind super.« Olaf seufzte. »Schade, dass wir nicht den Virus nutzen, dann würden wir alle Details zum Fall kennen.«

»Auch wenn es uns helfen würde: Finger weg von dem Virus! Wir werden den Fall konventionell lösen.«

»Wir? *Ich* werde den Fall lösen. Du ruhst dich schön im Krankenhaus aus und löst allenfalls Kreuzworträtsel.«

Obwohl der Alkohol durch seinen Kopf kreiselte, ging Olaf nicht ins Bett. Sein Denkapparat arbeitete hinreichend genug, um Recherchen im Internet zu erledigen. Vielleicht bekäme er morgen die Gelegenheit, mit Yousefs Frau zu sprechen. Dann sollte er sich möglichst viel Hintergrund angeeignet haben, damit er die richtigen Fragen stellen könnte.

Missbrauch von Kindern, die Organisierte Kriminalität, der türkische Geheimdienst: ein weites Feld an Themen, die er dafür beackern müsste.

Zur Option Missbrauch gab es bislang bloß Gerüchte. Er würde Sabine Yousef damit konfrontieren.

Er füllte sich Mineralwasser nach. Als er ins Arbeitszimmer kam, schwankte er und stieß gegen den Türrahmen. Dieser verdammte Alkohol! Er sollte nicht so viel trinken. Nun war Wasser verschüttet, und die Schulter schmerzte. Wenigstens funktionierte das Hirn noch. Er ließ sich auf den Stuhl am Schreibtisch fallen und startete den Laptop.

Nach was sollte er recherchieren? Er spürte ein Unbehagen bei dem Gedanken an die Organisierte Kriminalität. Ein politisches Motiv erschien ihm reizvoller.

Yousef stammte aus Kurdistan. Für manche Türken war das Wort Kurde ein rotes Tuch, insbesondere für ihren Präsidenten. Der Mord an Yousef glich einer Exekution. Ein solches Vorgehen war einem Geheimdienst zuzutrauen. Gewiss war kein *Agent 007 im Dienste Ihrer Majestät* im Spiel. Vielleicht aber ein Agent Ahmed im Dienste seines türkischen Geheimdiensts? Olaf hatte keine Ahnung, ob das eine realistische Option war.

Hatte ein Deutschkurde den türkischen Geheimdienst zu fürchten? Denkbar. Aber müsste er Angst um sein Leben haben? In Frankfurt?

Olaf wollte es herausfinden.

Er googelte nach »Türkischer Geheimdienst in Deutschland«. Die meisten der Links auf der ersten Ergebnisseite führten zu Websites, von denen bekannt war, dass dahinter ernstzunehmende Redaktionen standen.

Ein unseriöser Link hatte es allerdings auch auf die Liste geschafft: »Faschistische Kanzlerin beleidigt türkischen Präsidenten«. Olaf grinste. Gewiss wäre es lustig gewesen, das zu lesen. Er wollte aber Informationen, nicht Desinformation.

Als erstes öffnete er einen Artikel der FAZ. Er schmunzelte, als er den Namen des türkischen Geheimdiensts las: MIT. Es war dasselbe Kürzel wie für das renommierte *Massachusetts Institute of Technology* in Boston. Ob die Uni gelegentlich Post erhielt, die für den türkischen Geheimdienst gedacht war? Er lachte. Er nahm einen Schluck Wasser und las sich durch weitere Artikel.

Nach einer halben Stunde hatte er sich einen ersten Überblick verschafft: Der türkische Geheimdienst war in Deutschland sehr aktiv. Er spionierte systematisch türkische Staatsbürger aus ebenso wie türkischstämmige Deutsche. Dabei hatte man es vorwiegend auf Anhänger der Gülen-Bewegung abgesehen.

Zudem gab es in Deutschland eine große Zahl Türken, die sich aus Idealismus als Spione betätigten und gar nicht auf der Gehaltsliste des Geheimdiensts standen. Über Mittelsmänner aber auch über eine Handy-App meldeten sie Fehlverhalten ihrer Landsleute direkt an die türkischen Behörden. Auf diese Weise konnte etwa ein markiger Spruch über den Präsidenten, den jemand im Kollegenkreis machte, bei der nächsten Türkeireise zu einer Festnahme führen.

Olaf wandte den Blick vom Bildschirm. Er wollte sich noch eine weitere halbe Stunde für Recherchen geben. Was er bereits jetzt über die Bespitzelung von Türken in Deutschland erfahren hatte, war krass. Beinahe ein türkischer Überwachungsstaat auf deutschem Boden.

Vielleicht war Yousef denunziert worden.

9

Es war alles andere als einfach gewesen, die Frau des Ermordeten zu einem Interview zu bewegen. Olaf war am Telefon in die Rolle eines Journalisten geschlüpft, der mehr über den Mord in Erfahrung bringen wollte. Wie von Gottfried vorhergesagt, hatte das Argument, Olaf wolle die Anschuldigungen gegen ihren Mann entkräften, den Ausschlag dafür gegeben, dass Sabine Yousef sich schließlich zu einem Treffen bereiterklärte. Olaf war mit ihr um elf Uhr verabredet. Ihm blieb noch genügend Zeit, am Computer einen möglichst echt wirkenden Presseausweis für einen gewissen Michael Dernhard zu entwerfen. Er mochte diesen Tarnnamen. Er hatte ihn bereits einige Male für Recherchen genutzt.

Als er gegen elf Uhr das Reisebüro betrat, lächelte ihm eine junge Frau mit Kopftuch entgegen. Kopftuch – so hätte er früher gesagt. Heute, in einer Zeit, in der hysterisch über Burkas, Burkinis und sonstige Utensilien zur Verhüllung von Haut und Haaren diskutiert wurde, wusste Olaf das Kopftuch treffsicher als Hidschab einzuordnen. Die Augen der Frau waren kunstfertig geschminkt, was der Verschleierung den Eindruck eines bewusst gewählten Modeaccessoires verlieh. In professionellem Tonfall fragte sie, was sie für ihn tun könnte. Ihre Stimme war nicht die der Frau, mit der er telefoniert hatte. Auch war schwer vorstellbar, dass sie den urdeutschen Namen Sabine tragen könnte, zudem war sie viel zu jung, um Yousefs Frau zu sein. Wie es schien, leistete man sich eine Angestellte, um das Reisebüro weiterzuführen.

Olaf nannte der Frau den Grund seines Besuchs.

»Sabine!«, rief sie ungeniert durch den Laden in Richtung einer geöffneten Tür, die Olaf bisher nicht wahrgenommen hatte. »Der Mann von der Zeitung.«

Die blonde Frau, die sogleich durch die Tür trat, stellte sich als Sabine Yousef vor. Ihr Händedruck war fest und geschäftsmäßig. Er passte nicht zu ihrem verzagten Gesicht. Es war mehr als offenkundig, dass sie gerade geweint hatte.

»Trinken Sie Kaffee oder lieber Tee?«, war das nächste, was sie mit brüchiger Stimme sagte. Sie leitete ihn in das mit einer kleinen Küchenzeile und einem Tisch ausgestattete Hinterzimmer, aus dem sie gerade gekommen war. Mit energischen Bewegungen stellte sie eine Tasse auf den Tisch und goss Kaffee aus einer Kanne ein. Vermutlich wollte sie sich souverän zeigen, wirkte aber fahrig.

»Ich möchte Ihnen als Erstes mein Beileid ausdrücken«, sagte Olaf, bevor er sich auf einem Stuhl am Tisch niederließ. Die Frau nickte mit ausdrucklosem Gesicht. »Das Reisebüro muss eine große Belastung für Sie sein.«

»Das wird in Kürze verkauft.« Ihre Stimme klang belegt. Sie stellte sich Olaf gegenüber ans Fenster. »Özlem wollte es sowieso übernehmen. Das ist die Frau draußen im Laden, die Nichte eines Freundes von Kasim. Eigentlich sollte das in zwei Jahren sein. Wer konnte ahnen, dass es so schnell und unter solchen Umständen geschehen würde?« Sie putzte sich die Nase.

»Sind Sie Miteigentümerin des Reisebüros?«

»Nein.« Sie wurde lebhaft, als ob sie unterstreichen wollte, dass sie mit dem Laden nichts zu tun hatte. »Ich bin Sozialpädagogin und leite eine internationale Kita. Das Reisebüro hat Kasim alleine aufgebaut, sein ganzer Stolz.« Sie stockte kurz. »Ich habe mir Urlaub genommen, um alles zu regeln …«, ihre Stimme klang wieder belegt, »was in einem solchen Fall zu regeln ist.« Erneut putzte sie sich die Nase.

Olaf besann sich darauf, die Rolle des Journalisten zu spielen, zog den Notizblock aus dem Rucksack und nahm einen Stift zur Hand.

»Wie Sie wissen, bin ich freier Journalist und schreibe Artikel für große Tageszeitungen. Ich versichere Ihnen, dass nichts veröffentlicht wird, was Sie nicht ausdrücklich autorisieren.«

Sie nickte wortlos.

»Wann hat Ihr Mann das Reisebüro übernommen?«

»Er hat es, wie gesagt, nicht übernommen, sondern selbst aufgebaut. Zuvor war dort ein Copy Shop. Das war vor siebenundzwanzig Jahren.«

»Wirft der Laden genug ab? Spätestens seit dem Internet gibt es ja andere Wege, Urlaube zu buchen, als in ein Reisebüro zu gehen.«

»Kasim hatte verlässliche Kontakte in der Türkei. Er hat Kunden in die Hotels von Freunden und Verwandten vermittelt. Das waren keine Urlaube von der Stange, sondern zum Beispiel Hotels in der Nähe von Naturschutzgebieten.«

»Er hatte also ein originelleres Angebot als die meisten anderen und konnte sich gegen die Konkurrenz behaupten?«

»Ja«, sagte sie bestimmt. »Er hatte einen guten Ruf als Insider und treue Kunden, die ihre Urlaube immer wieder bei ihm buchten.« Sie tupfte ihre Nase mit dem Taschentuch.

»Waren das hauptsächlich Kurden?«

»Nein. Überhaupt nicht.« Zum ersten Mal huschte über Sabine Yousefs Gesicht ein kurzes Lächeln. »Seine Kunden waren Deutsche ohne optisch erkennbaren Migrationshintergrund.«

Biodeutsche würden das die Anhänger der DfD, der Partei Deutsche für Deutschland, nennen, ging Olaf durch den Kopf. Er behielt diesen Gedanken für sich. »Hatte Ihr Mann auch Einkünfte aus anderen Geschäften als dem Reisebüro?«

»Nein«, antwortete sie knapp.

»Das Geld hat für Sie und Ihre Familie gereicht?«

Sie blickte ihn irritiert an. »Ich verdiene in meinem Beruf gut und Kasim ebenfalls.« Sie stockte. »Er *hat* gut verdient, sollte ich sagen. Er hat keine weiteren Geldquellen gebraucht, schon gar keine dubiosen, falls es das ist, worauf Sie hinauswollen.« Sie sah ihn herausfordernd an.

Er nickte. »In der Presseerklärung der Polizei ist von der Organisierten Kriminalität die Rede. Was sagen Sie zu der Version der Polizei?«

»Nur weil Kasim diesen fremden Namen hat«, sie blickte starr aus dem Fenster in den Hinterhof des Gebäudes, »fällt der Polizei nichts anderes ein als Drogenkriminalität und Verbrecherbanden. Die Polizisten sind voller Vorurteile.«

»Ist es dennoch denkbar, dass Ihr Mann von Kriminellen bedroht wurde? Jemand könnte Schutzgeld von ihm erpresst haben.«

Sie stieß ein freudloses Lachen aus. »Das hier ist ein Reisebüro, keine Stripteasebar. Und wir sind in Bockenheim, nicht im Wilden Westen.«

Olaf machte sich Notizen. »Könnte es einen politischen Hintergrund geben? Weil Ihr Mann Kurde war?«

»Kasim war Deutscher. Deutscher kurdischer Herkunft.« Sie wandte sich wieder Olaf zu, blieb aber vor dem Fenster stehen. »Ich wurde nach politischen Kontakten meines Mannes befragt. ›Erdogans langer Arm reicht bis nach Frankfurt‹, hat einer der Polizisten gesagt.« Sie stieß ein Lachen aus, das mehr nach einem Jammern klang. »Kasim war völlig unpolitisch. Die Beamten sind voreingenommen, weil es um einen Mord an einem gebürtigen Kurden geht.«

»Wie ist Ihr Mann mit seiner Herkunft umgegangen? Hat sie für ihn eine große Rolle gespielt?«

»Er hat sie nicht verleugnet. Gelebt hat er aber wie ein ganz normaler Deutscher. Wir sind sogar jedes Jahr nach ›Klaa Paris‹ auf den Fastnachtszug gegangen.«

Olaf stellte sich einen kurdisch aussehenden Mann mit Narrenkappe vor, der »Helau« rief und Knolle' von der Straße aufsammelte. Er unterdrückte ein Schmunzeln.

»Könnte er irgendetwas getan haben, durch das er sich möglicherweise den Zorn seiner türkischen Landsleute – seiner *ehemaligen* Landsleute – zugezogen hat?«

»Da braucht es nicht viel. Bei der politischen Lage! Kasim war aber nicht an Politik interessiert. Natürlich hat er den türkischen Präsidenten abgelehnt, geradezu verachtet. Aber welcher Kurde tut das nicht? Ich kann mir nicht vorstellen, dass er sich öffentlich oder im Internet politisch geäußert hat.«

»Hat er sich regelmäßig mit anderen Kurden getroffen? Ging er vielleicht auf kurdische Versammlungen oder dergleichen?«

»Sein Bruder wohnt mit seiner Familie in der Nähe. In Rüsselsheim. Wir haben uns natürlich gegenseitig besucht. Sonst weiß ich von einigen Freunden und Bekannten. Dabei sind auch welche aus dem Dorf, aus dem Kasim stammt, mit denen er sich gelegentlich getroffen hat.«

»Und wie steht es mit Versammlungen oder kurdischen Vereinen?«

»Kasim ist regelmäßig zu einem Literaturtreffen gegangen, ich denke viermal im Jahr.«

»Kurdische Literatur?«

»Ja. Die veranstalten Lesungen aus Büchern kurdischer Autoren. Ich war bloß einmal dort. Ich spreche ja die Sprache nicht. Soweit ich weiß, ist es ein eingetragener Verein. Deutsch-Kurdischer Literatursalon heißt der. Kasim ist seit Jahren Mitglied.«

»Ich habe von kurdischer Literatur keine Ahnung. Ich denke aber, dass sie bestimmt sehr politisch ist.«

»Möglich. Kasim hat davon nicht viel erzählt. Ich weiß es nicht.«

Olaf würde sich diesen Verein näher anschauen. Nun wollte er allerdings ein anderes Thema anschneiden. Das heikle. Er beschloss, vorsichtig vorzugehen.

»Sie müssen mir nicht antworten, wenn Sie nicht wollen«, sagte er behutsam. »Darf ich fragen, ob Ihre Ehe intakt war?«

»Ja. Das war sie.« Sie wandte sich ab und schnäuzte in ihr Taschentuch.

»Entschuldigung.« Olaf fühlte sich unwohl, beinahe mies. Die Frau sprach nur deshalb mit ihm, weil sie sich davon einen Zeitungsartikel erhoffte, der ihren Mann von zwielichtigen Anschuldigungen freisprechen könnte. Dieser Artikel würde aber nie geschrieben werden. Er hasste es, in ihrem Unglück herumzustochern.

»Es ist in Ordnung.« Sie wischte mit der Hand über ihre tränennassen Augen. Wäre sie geschminkt gewesen, hätte sie nun das komplette Gesicht verschmiert. »Wir waren glücklich miteinander«, sagte sie mit heiserer Stimme. »Damit meine ich nicht nur unsere Beziehung, sondern die Familie. Wir haben zwei erwachsene Töchter.«

Olaf fühlte sich immer unwohler. Sollte er Frau Yousef geradeheraus zu den Gerüchten befragen, ihr Mann wäre ein Kinderschänder gewesen? Bisher hatte sie nicht die geringste Andeutung hierzu gemacht, obwohl sie sehr offen zu ihm war. Ob sie tatsächlich nichts davon gehört hatte? Oder versuchte sie, es zu verheimlichen? Vielleicht war Yousef wirklich pädophil gewesen. Dann könnte er sich möglicherweise auch an den eigenen Kindern vergangen haben. Frau Yousef könnte eine der Mütter sein, die den Missbrauch ihrer Kinder nicht wahrhaben wollen oder versuchen, ihn auszublenden, statt ihn zu unterbinden.

»War auch das Verhältnis Ihrer Töchter zum Vater in Ordnung?«, fragte Olaf schließlich.

Sie sah ihn einen Moment lang verständnislos an. »Beide wohnen nicht mehr zu Hause. Trotzdem sehen wir uns oft, und einmal im Jahr machen wir eine gemeinsame Radtour den Main entlang bis nach Würzburg. Kasim hat diese Familientradition ins Leben gerufen, als die Mädchen noch recht klein waren. Ich weiß nicht, ob wir sie ohne ihn fortsetzen werden.«

»Sind Ihre Töchter verheiratet?«

Sie schien über die Frage verwundert. »Nina studiert in Göttingen«, sagte sie schließlich. »Sie ist sechsundzwanzig und schreibt an ihrer Masterarbeit. Vor etwa zwei Jahren hat sie sich von ihrem Freund getrennt. Seitdem hat sie keine Zeit für eine Beziehung, sagt sie.« Sie lächelte. »Isabel ist vierundzwanzig und studiert ›*Sustainable Development*‹, oder wie immer das offiziell heißt, in Fulda.«

Das klang nicht nach Missbrauchsopfern, sondern nach zwei ganz normalen, selbstbewussten jungen Frauen. Olaf beschloss, Sabine Yousef nicht mit den ungeheuerlichen Anschuldigungen zu konfrontieren, von denen ihm erzählt worden war. Wie es schien, hatte sie nie davon gehört.

»Laut Polizei wurde Ihr Mann von einem Kunden aufgefunden. Was wissen Sie über die Umstände?«

»Ich wurde in der Kita angerufen.« Sie öffnete die Schublade neben der Spüle, entnahm ihr eine Packung Taschentücher und putzte sich erneut die Nase. »Ich weiß nicht, wie Kasim umgebracht wurde. Ich kenne den Mann nicht, der ihn entdeckt hat. Vermutlich war es einfach jemand, der eine Reise buchen wollte. Die Waffe wurde auf die Schläfe aufgesetzt und Kasims Kopf …« Sie brach ab.

»Ich kenne die Presseerklärung der Polizei«, beeilte Olaf sich zu sagen. Er konnte nachempfinden, was in Sabine Yousef vorging. Er hatte denselben Schmerz gespürt, das erste Mal vor zwei Jahren. Es war ein Schmerz, der immer wieder zurückkehrte, wenn er an seine Frau Carola dachte, an ihren Unfall.

»Das reicht für heute«, sagte er schließlich. »Ich werde weiter recherchieren.«

Er erhob sich von seinem Stuhl. Es war ein spontaner Impuls, einen Schritt auf Sabine Yousef zuzugehen und sie zu umarmen. »Es tut mir so leid für Sie.«

Sie ließ es geschehen, legte sogar für einen Augenblick ihren Kopf an seine Schulter. Dann löste sie sich von ihm und trat einen Schritt zurück.

»Vielen Dank.« Es klang, als sagte sie es zu sich selbst.

10

Olaf war nicht überrascht, als Gottfried anrief.

»Wie ist es mit der Witwe gelaufen?«

Er war gerade auf dem Weg zur U-Bahn. Vor wenigen Minuten erst hatte er mit Sabine Yousef gesprochen. Zum Glück hatte der gelangweilte Kerl nicht angerufen, als er noch bei ihr gewesen war. Gottfried brauchte unbedingt eine sinnvolle Beschäftigung!

In wenigen Worten berichtete Olaf, was er in dem Gespräch erfahren hatte.

»Und von den Anschuldigungen, ihr Mann sei pädophil gewesen, war keine Rede?«, fragte Gottfried.

»Sie schien nicht die geringste Ahnung von den Vorwürfen zu haben. Außerdem brachte sie überzeugend rüber, dass die Familie intakt sei. Auch das Verhältnis der Töchter zum Vater schien gut gewesen zu sein.«

»Dann ist es die Organisierte Kriminalität«, stellte Gottfried fest.

»Das oder vielleicht der türkische Geheimdienst«, erwiderte Olaf.

»Auch dazu sollten wir schnellstmöglich mehr herausfinden.«

»Das habe ich gestern bereits getan«, sagte Olaf. Er fasste die wichtigsten Fakten zusammen, die er im Internet gefunden hatte.

„Es gibt tatsächlich ein so großes Netz von Spionen in Deutschland?“, sagte Gottfried beeindruckt.

„Sechstausend türkische Spitzel. Das sind mehr, als die Amis in Deutschland haben. Und die leiten es sofort an die Behörden weiter, wenn jemand über ihren Präsidenten herzieht oder sich positiv über eine in der Türkei verbotene

Organisation äußert. Ruckzuck gelten solche Leute dann als Terroristen."

»Ich verstehe«, sagte Gottfried. »Allerdings kann ich mir nicht vorstellen, dass der türkische Geheimdienst Landsleute in Deutschland exekutiert, so wie es bei Yousef den Anschein hat. Die warten darauf, dass die Leute zum Urlaubmachen in ihr Heimatland kommen, und sperren sie dann ein.«

»Deshalb arbeiten viele der Spitzel in Reisebüros. So kriegen sie mit, wenn ein in Ungnade gefallener Landsmann eine Türkeireise bucht.«

Gottfried lachte zynisch.

»Wenn also jemand türkischen Boden betritt«, fuhr Olaf fort, »der sich irgendwann irgendwo irgendwie kritisch geäußert hat, kann es sein, dass er vom Fleck weg verhaftet wird.«

»Und Yousef hatte ein Reisebüro«, sagte Gottfried nachdenklich.

»Richtig. Yousef soll allerdings völlig unpolitisch gewesen sein. Dann wiederum Verachtung für den Präsidenten empfunden haben. So richtig neutral klingt das für mich nicht.«

»Wir sollten uns mal diesen Bücherclub ansehen«, schlug Gottfried vor.

»Den Deutsch-Kurdischen Literatursalon.«

»Genau den. Es werden bestimmt nicht alle kurdischen Autoren nur über die Liebe und die Schönheit der Berge schreiben. Bei der Geschichte, wie sie die Kurden in den letzten hundert Jahren erlebt haben, muss da zwangsläufig eine Menge politische Literatur entstanden sein.«

»Hatte ich sowieso vor«, sagte Olaf. »Ich werde mich mal mit diesen Literaten unterhalten. Und zum Thema Organisierte Kriminalität mach ich mich auch noch schlau.«

»Dem Vorwurf, Yousef hätte Kinder missbraucht, sollten wir aber ebenfalls nachgehen.«

»Ich denke, wir parken das Thema erst einmal. Die anderen Optionen sind viel wahrscheinlicher.«

»Du denkst nun, dass die Vorwürfe nichts anderes als Gerüchte sind, die jemand gestreut hat?«

»Gestreut, lanciert, oder irgendein Waschweib läuft im Viertel herum und erzählt haarsträubende Dinge über Yousef.«

»Du solltest selbst am besten wissen«, Olaf glaubte Gottfrieds spöttisches Totenkopfgesicht zu sehen, »dass Gerüchte heutzutage nicht mehr von alten Tratschtanten gestreut werden. Das Internet kann so was viel effektiver.«

Natürlich war Olaf ebenfalls der Gedanke gekommen, dass die Anschuldigungen von irgendeiner dubiosen Quelle im Internet herrühren könnten. Deshalb hatte er vor, dazu einige Recherchen anzustellen, allerdings erst nachdem er sich mit den anderen, derzeit viel lohnenderen Themen beschäftigt hätte. Solche Recherchen könnte aber auch Gottfried übernehmen. Olaf gefiel der Gedanke: Er würde die Aufgabe an einen Abteilungsleiter eines Großkonzerns delegieren. Damit hätte Gottfried die Beschäftigung, nach der er so offensichtlich lechzte. Und er würde nicht mehr ständig anrufen, um nach dem aktuellen Stand der Nachforschungen zu fragen. Er war einfach nicht der Typ Patient, der sich in einem Krankenhaus ausruht, also konnte er genauso gut etwas Sinnvolles zu den Recherchen beitragen.

»Gottfried, du kannst mich unterstützen. Versuche herauszufinden, woher die Gerüchte stammen. Facebook ist gewiss ein guter Ausgangspunkt dafür. Finde Leute, die Yousefs Reisebüro empfohlen, vielleicht Rezensionen oder sonst was dazu geschrieben haben. Finde Profile von Leuten, die in der Nähe wohnen. Wie du weißt, kennt Günther eine Frau, die erzählt, Yousef wäre ein Kinderschänder, eine gewisse Bettina. Ich frage ihn nach dem Nachnamen, vielleicht hat sie ein Facebook-Profil, das uns weiterbringt.«

»Aye, aye, Käpten.«

11

Mateu wirkte, als fühlte er sich nicht wohl in seiner Haut. Olaf hatte seinen neuen Nachbarn spontan mit zum ›Krummen Hund‹ genommen. Dem Spanier würde ein wenig Anschluss an die native Bevölkerung gewiss guttun. Er hatte vom Renovieren einen Klumpen weißer Farbe im Haar, auf den Olaf ihn nicht aufmerksam machte. Mateu war auch so mit seinen Designerklamotten der bestangezogene Mann in der Kneipe. Beim Hereinkommen hatte er von Karin bewundernde Blicke geerntet. Mit einer Mischung aus Neugier und Unverständnis betrachtete er abwechselnd die aus Hirschgeweihen gestalteten Deckenlampen und die Bembel auf dem Regal hinter dem Tresen.

»*You must try Äppelwoi.*« Olaf lachte über Mateus missglückten Versuch, das Wort nachzusprechen. »Bring ihm einen Tiefgespritzten«, sagte er zu Karin. »Wir müssen ihn behutsam ans *Stöffsche* heranführen.«

»Wie lange wirst du in Frankfurt bleiben?«, fragte Olaf auf Englisch. Die Sprache ging ihm leicht über die Lippen, hatte er doch im Job sehr viel Englisch gesprochen. Im ›Krummen Hund‹ war eine Unterhaltung auf Englisch allerdings etwas Außergewöhnliches, und die Leute an den Nachbartischen sahen neugierig zu ihnen herüber.

»Ich habe einen unbefristeten Vertrag«, antwortete Mateu. Olaf meinte neben dem spanischen Akzent auch einen britischen Einschlag herauszuhören. »Die Bank verlagert das Geschäft von London nach Frankfurt.«

»Dann kommst du also nicht aus der Sonne Spaniens, sondern aus dem Londoner Nebel«, stellte Olaf fest.

Mateu lachte. »Hier ist dasselbe Klima wie in London. Allerdings bin ich nicht in erster Linie Spanier, sondern Katalane.«

»Und ich bin als Allererstes Hesse, erst dann Deutscher«, entgegnete Olaf grinsend.

Mateu grinste zurück.

»Bist du einer von den Katalanen, die die Unabhängigkeit von Spanien wollen?«

»Neben Katalanisch als Muttersprache spreche ich fließend Spanisch und Englisch. Im Herbst beginne ich mit meinem Deutschkurs und beherrsche bald eine dritte Fremdsprache. Da passt es nicht in mein Weltbild, dass meine Provinz ein eigener Staat werden soll.«

Sie wurden unterbrochen, als Karin zwei Gläser Tiefgespritzte auf dem Tisch platzierte.

»*A Frankfurt specialty for you.*« Sie lächelte Mateu an wie ein Teenie, der seine Lieblingsboygroup trifft.

Mateu bedankte sich artig und zwinkerte Olaf verstohlen zu. Er wirkte auf Frauen, auch wenn er Deckenweiß in den Haaren kleben hatte. Sie stießen mit den Apfelweingläsern an. Die Grimasse, mit der Mateu nach einem Schluck sein Glas abstellte, ließ keinen Zweifel daran, dass er lieber ein anderes Getränk hätte.

»Karin hat auch Bier«, schlug Olaf vor.

Mateu probierte einen weiteren Schluck. Erneut verzog er das Gesicht. »Ich nehme besser einen Rotwein«, sagte er verlegen grinsend.

Olaf winkte Karin an den Tisch und bestellte einen Spätburgunder für Mateu. Anschließend half er ihm durch die für ihn unverständliche Speisekarte. Die anderen Gäste blickten aufmerksam zu ihnen herüber, als er Gerichte wie ›Grüne Soße‹ und Rippchen mit Kraut auf Englisch erklärte.

Es dauerte nicht lange, bis Günther auftauchte und sich ungefragt zu ihnen an den Tisch setzte.

»*You eat* ›Leiterchen‹.« Er zeigte energisch auf die entsprechende Stelle in der Speisekarte. »›*Ladderscher*‹ *in English.*«

Mateu blickte Günther schmunzelnd an. Zwar war das Englischniveau am Tisch rapide gesunken, und wegen Günther mussten simple Sachverhalte umständlich mit vielen Nachfragen erklärt werden. Dennoch schien Mateu sich in Günthers Anwesenheit sehr wohl zu fühlen. Dass er bald glaubte, es bei ihm mit einem hohen Funktionär der Frankfurter Eintracht zu tun zu haben, war allerdings nicht nur der Sprachbarriere geschuldet.

Olaf genoss seinen Sauergespritzten und folgte der Unterhaltung mit dem Interesse des neutralen Zuschauers. Da Günther so viel radebrechende Redezeit zur Formulierung eines Gedankens beanspruchte, war ohnehin nicht daran zu denken, das Thema zu wechseln.

12

»*Best regards, Gottfried*« Er schickte die Mail an Bob Gionfriddo ab. Die Nachricht von Carsten, einem seiner Teamleiter, war zwar nicht komplett falsch gewesen, für Bob aber irreführend. Gut, dass das nun geklärt war.

Gottfried lehnte sich in seinem Stuhl zurück und blickte zum Fenster mit den farblosen Vorhängen. Krankenhäuser hatten immer etwas Tristes. Die Einrichtung, jeder Gegenstand erfüllte eine zugewiesene Funktion, musste zugleich effektiv und kostengünstig sein. Es schien, als hätte ein ›Lean-Management-Workshop‹ veranlasst, sämtliche Farbe zu entfernen.

Er erhob sich und streckte sich gähnend. Gelenke krachten und die ständig präsente Übelkeit wollte sich Bahn brechen. Bewegungslos horchte er einen Moment lang in seinen Körper hinein, bis das Gefühl abklang. Dann ließ er sich wieder auf den Stuhl nieder. Als nächstes sollte er Carsten eine Mail schicken, aber das würde er sich für später aufheben. Jetzt wollte er mit den Recherchen zu dem Mordfall beginnen.

Er hatte sich seit einigen Wochen nicht bei Facebook eingeloggt. Entsprechend viele Benachrichtigungen bekam er angezeigt. Auf Facebook machte er nicht viel. Seine Kontakte pflegte er in LinkedIn.

Beate, eine Schul- und heute ausschließlich Facebook-Freundin, forderte ihn auf, ihre Seite »Kätzchen-Power« zu liken. Sie hatte schon immer einen ausgeprägten Katzen-Spleen gehabt. Nun konnte sie ihn mit der ganzen Welt teilen.

Auch die anderen Benachrichtigungen, die er sich ansah, erwiesen sich als völlig irrelevant. Er würde sich von diesem

Schnickschnack nicht weiter von seiner Aufgabe ablenken lassen.

Die Facebook-Seite des Reisebüros Yousef fand er problemlos nach weniger als einer Minute. Das Titelbild zeigte ein Urlaubsidyll aus tiefblauem Meer vor wolkenlosem Himmel. Vier Besucher der Seite hatten Rezensionen geschrieben, alle mit der Bestbewertung von fünf Sternen. Yousefs Dienstleistungen wurden mit Formulierungen wie »super zuverlässig und schnell« in den höchsten Tönen gelobt.

Er rief das Profil des ersten Rezensenten auf, eines Mannes Jahrgang 1957. Dort waren vorwiegend Fotos von Spielen der Frankfurter Eintracht zu finden. Der Infobereich des Mannes war gut gefüllt, mit Angaben der Schulen, die er als Kind besucht hatte, Universität und Arbeitsplatz. Auch Familienmitglieder wurden angezeigt: seine Frau sowie zwei Nichten. Wie es schien, hatte er keine eigenen Kinder. Gottfried klickte auf das Profil einer der Nichten, einer jungen Frau, die mit dem immer selben Gesichtsausdruck vor verschiedenen Urlaubskulissen poste.

Dann nahm er sich den nächsten Rezensenten vor, einen Mann Ende dreißig. Er schien mehr auf die Sicherheit seiner Privatsphäre bedacht als der Mann zuvor, denn der Infobereich war nicht einsehbar, auch nicht die Liste der Facebook-Freunde. Allerdings fand man auf seinem Profil Fotos von seiner Frau und den beiden kleinen Töchtern. Auf einem Foto lächelten sie vor einem Auto stehend in die Kamera. Das Nummernschild war deutlich zu erkennen. Gottfried notierte sich das Frankfurter Kennzeichen auf seinem Notizblock, es könnte vielleicht nützlich sein.

Die dritte Rezensentin war eine achtunddreißigjährige Frau, deren Infobereich umfangreiche Listen ihrer liebsten Filme und Fernsehsendungen aufwies. Auf einigen Fotos sah man sie lächelnd den Rüssel eines Elefanten umarmen. Auf Strandfotos zeigte sie sich im Bikini gemeinsam mit ihren halbnackten kleinen Kindern. Gottfried, aber auch jeder andere, hätte aus diesem Profil umfangreiche Informationen über die Frau abziehen können. Trotzdem gewann er allmählich den Eindruck, er vergeude seine Zeit mit dieser Recherche. Bisher hatte er bloß Unbedeutendes gefunden: Leute, die vor aller Welt Privates über sich und ihre Familien preisgaben. Die Frau, deren Profil er gerade betrachtete, veröffentlichte Strandfotos ihrer Töchter mit derselben Unbekümmertheit, mit der Gottfried vor vielen Jahren Fotos seiner Kinder in ein privates Familienalbum geklebt hatte.

Er sah sich die letzte, bereits einige Jahre alte Rezension an und rief das zugehörige Profil auf. Wie es schien, war die Rezensentin ein Dackel. Auf ihrem Profilbild jedenfalls wurde man von einem solchen mit treuem Blick angeschmachtet. Auf dem Profil, das einer Frau von neunundfünfzig Jahren gehörte, drehte sich alles um Hunde. In einem der vielen geteilten Artikel wurden in einer Online-Petition Gefängnisstrafen für diejenigen gefordert, die Hunde bei sommerlicher Hitze im Auto ließen. In anderen Postings wurden Leute gesucht, die vernachlässigte Hunde aus dem Ausland aufnehmen würden.

Die Frau zeigte beträchtliches Engagement, stellte Gottfried fest. Ihr Name war Bettina Wittmeier. Bettina war der Vorname von Günthers Bekannter, die um die Gerüchte wusste, Yousef wäre pädophil gewesen. Zwar kam in dieser Generation der Name recht häufig vor, dennoch war es nicht unwahrscheinlich, dass Gottfried gerade das Profil der Frau gefunden hatte.

Er nahm das Smartphone zur Hand und wählte Olafs Nummer. »Hat Günther dir endlich den Nachnamen dieser Bettina verraten?«

13

Mateu verabschiedete sich gerade, als Gottfried anrief. Er wollte den Nachnamen von Günthers Bekannter wissen.

»Warte, ich frag' schnell.«

Günther gab Mateu gerade Tipps mit auf den Weg, welche Spiele der Eintracht er auf keinen Fall verpassen sollte. Der Katalane erweckte den Eindruck, sein verwirrendes Englisch zu verstehen. Er bedankte sich und tippte Olaf mit einem Augenzwinkern an die Schulter.

»Günther, wie heißt Bettina mit Nachnamen?«

Günther blickte irritiert. »Welche? Bettina Wittmeier?«

»Die Bettina, die sich über den Mord in diesem Bockenheimer Reisebüro auskennt.«

»Die heißt Wittmeier. Mit Doppel-t und e-i. Wer will das wissen?«

Olaf gab Gottfried Namen und Schreibweise durch und legte auf. Er rief Mateu ein »*Hasta pronto!*« hinterher und setzte sich wieder an den Tisch, wo Günther ihn mit düsterer Miene anblickte.

»Es ist Wahnsinn. Der Typ kommt frisch aus dem Ausland hierher und kann sich auf Anhieb eine so teure Wohnung leisten.«

»Höre ich da Sozialneid?«, sagte Olaf ironisch.

»Seine Wohnung hat hundertzwanzig Quadratmeter und liegt mitten in Bornheim«, sagte Günther mit Nachdruck.

»Er hat es ja versucht, aber die vom Asylantenwohnheim wollten ihn nicht reinlassen.«

Günther grinste und nippte von seinem Apfelwein. »Bald wohnen nur noch Ausländer in den guten Wohnungen. Jemand wie ich kann sich so teure Mieten nicht leisten.«

»Mateu kann es, weil er einen gut dotierten Job bei einer Bank hat. Du hättest ja was Gescheites lernen können.«

»Ich habe zwei Berufsausbildungen mitgemacht. Das muss für ein Leben reichen.« Günther hob sein Glas, um mit Olaf anzustoßen. »Keine Ahnung, warum ich den Kerl mag.«

Gottfried hatte nun Gewissheit, das Profil von Günthers Bekannter gefunden zu haben.

Allerdings bekam er nur angezeigt, was sie »öffentlich«, also für alle Besucher sichtbar, gepostet oder geteilt hatte. Um sehen zu können, was nur für ihre Facebook-Freunde bestimmt war, musste er auf ihre Freundesliste kommen. Er schickte ihr eine Freundschaftsanfrage.

Danach rief er die offen zugängliche Liste ihrer Freunde auf, es waren dreihundertfünfundsechzig. Er schmunzelte: ein Facebook-Freund für jeden Tag des Jahres? Einige von ihnen wollte er sich ansehen.

Es wurde bald langweilig, sich durch Tierschutzthemen, Urlaubsbilder und lustig gemeinte Postings durchzuklicken. Frauen trugen kleine Hunde auf den Armen. Andere demonstrierten ihre Leidenschaft für Motorräder aus den 70er Jahren, Männer mittleren Alters die für ihre Fußballmannschaft. Junge Burschen posierten an Stränden.

Wieder befiel ihn das Gefühl, seine Zeit zu verplempern – bis er auf das Profil eines gewissen Thorsten Weber traf.

»Frau Merkel, wir werden nie vergessen, was Sie Deutschland angetan haben!«, prangte als Lebensmotto unter dem Titelbild, einem Foto, das eine Demonstration zeigte. Ein Schild mit der Aufschrift »Volksverräter« fiel als Erstes ins Auge. Ein anderes zeigte: »Wir wollen unser Land zurück«.

Er überflog, was in dem Profil gepostet wurde. Ein Großteil davon waren von einer Website mit Namen »Deutsche Wahrheit« geteilte Artikel.

»Fünf Afghanen vergewaltigen 12-Jährige«, war zu lesen und »Urlaub für Asylanten auf Staatskosten, und deutsche Rentner sammeln Pfandflaschen.«

So ein Müll! Er war auf Facebook einige Male mit so etwas in Kontakt geraten, als Bekannte aus seiner Freundesliste begonnen hatten, diese Art Propaganda zu verbreiten.

Als er in dem Profil weiterblätterte, entdeckte er sogar ein wohlbekanntes Foto. Rechte Hetzer behaupteten, es zeige eine Gruppe muslimischer Männer, die an die Wand einer Kirche urinierten. Wie alt mochte es sein? Fünf Jahre? Alle sollten wissen, dass auf dem Bild tatsächlich koptische Christen zu sehen waren. Nach deren Tradition gehen Gläubige oftmals nicht in ihr Gotteshaus hinein, sondern beten draußen, an die Wand der Kirche gelehnt. Genau das war es, was die Männer auf dem Foto taten. Die wirkliche Herkunft sowie die propagandistische Umdeutung des Gezeigten waren von Experten analysiert und der Öffentlichkeit zugänglich gemacht worden.

Das Foto war der Aufhänger eines geteilten Artikels mit der Überschrift »Wehrt euch! Moslems missbrauchen deutsche Kirchen als Latrinen!« Es gab unzählige Kommentare zu dem Posting, alle von der Sorte, die bei Gottfried Wut hervorrief. Bald gesellte sich eine Übelkeit hinzu, die nicht nur von der Chemo herrührte.

Er musste aufhören, diesen Schund zu lesen. Mehrere Male atmete er vorsichtig ein und aus, bis der Brechreiz sich in den Bauch zurückzog. Dann kommentierte er seinerseits Foto und Artikel, in der klaren, exakten Weise, in der er Geschäftskorrespondenz erledigte, suchte den Link des Artikels mit den Fakten zu dem angeblichen Pinkelbild heraus, kopierte die Adresse in seinen Kommentar und schickte ihn ab.

Wieder blickte er zum Fenster mit den grauen Vorhängen. Draußen begann es bereits, dunkel zu werden. Er sollte das Licht anschalten. Der Signalton, der von seinem Laptop ausging, ließ ihn zurück auf den Bildschirm blicken. Zunächst nahm er an, Bettina Wittmeier hätte seine Freundschaftsanfrage beantwortet. Stattdessen wurden Benachrichtigungen zu Antworten auf seinen Facebook-Kommentar angezeigt.

»Schau weiter Staatsfernsehen, und bei der nächsten Wahl machst du wieder das Kreuz bei Merkel«, las er als Erstes. »Dir haben sie ins Gehirn geschissen. Du bist das Allerletzte!«

Wieder spürte er die Übelkeit nach oben steigen.

»Verpiss dich mit deiner Staatspropaganda. Dich sollte man nach Afghanistan abschieben.«, »Du rotgrün versiffter Arsch! Wir kriegen dich!«

Es kam ganz plötzlich und war nicht aufzuhalten. Mit mehreren würgenden Krämpfen brachte Gottfried hervor, was er den Tag über gegessen hatte. Bevor er sich abwenden konnte, hatte er den Laptop vollgekotzt. Der Rest landete mit hässlichem Klatschen auf dem Linoleumfußboden, spritzte in verschiedene Richtungen und besudelte alles, was ihm in den Weg kam.

14

Zu Hause am Laptop sah Olaf, dass seine Freundschaftsanfrage an Bettina Wittmeier angenommen worden war. Er hatte sie eine halbe Stunde zuvor vom ›Krummen Hund‹ aus abgeschickt. Wie es schien, reagierte Günthers Bekannte auf solche Anfragen sehr rasch. Als er einen Blick auf ihre Freundesliste warf, entdeckte er Gottfrieds Profil. Auch er hatte es in die Liste geschafft.

Es war seltsam, dass er sich nicht längst gemeldet hatte. Sonst war er geradezu lästig mit seinen vielen Anrufen und Fragen zum Mordfall. Offensichtlich tat es Gottfried gut, selbst zu recherchieren. Er würde ihn später anrufen. Oder eine Nachricht schicken, falls es zum Telefonieren zu spät war. Aber erst wollte er selbst ein wenig Recherche betreiben.

Diesmal würde er sich die Literatur Kurdistans vorknöpfen. Die Website des Deutsch-Kurdischen Literatursalons war in Google schnell zu finden. Es war ein schlicht gehaltener Web-Auftritt. Soweit Olaf es erkennen konnte, war jede Seite in beiden Sprachen, Kurdisch und Deutsch, vorhanden. Die Verantwortlichen, die er im Impressum fand, trugen für ihn schwer lesbare, offenbar kurdische Namen.

Olaf klickte sich zur Rubrik ›Veranstaltungen‹. Jeden ersten Dienstag im Quartal finde eine Lesung statt, war dort zu erfahren. Bei der letzten, die im Juli stattgefunden hatte, war aus den Werken dreier Autoren gelesen worden. Die Autorenportraits auf der Seite zeigten bärtige Männer mit ernsthaften, nachdenklichen Mienen.

Das Foto der Moderatorin des Abends war das einer Frau um die vierzig mit schicker Kurzhaarfrisur und einem gewinnenden Lächeln. Von den Vortragenden, die aus den Büchern gelesen hatten, gab es keine Fotos. Die Autoren selbst waren auf der Veranstaltung nicht dabei gewesen. Zwischen den Einzellesungen sowie am Ende der Veranstaltung gebe es Gelegenheit für Fragen und Diskussionen zu den Werken und ihren Verfassern, war dem Veranstaltungshinweis noch zu entnehmen.

Als Olaf auf eines der Autorenfotos klickte, wurde er auf eine englischsprachige Webseite geleitet. Dort war zu lesen, dass der Autor vier Bücher veröffentlicht habe, Liebes- und Familiengeschichten, die sich vorwiegend um die immer wiederkehrenden Themen Vertreibung und Exil rankten. Seine Werke seien in der Türkei verboten. Er selbst habe eine lange Haftstrafe zu befürchten, sollte er türkischen Boden betreten.

Für den zweiten Autor der Juli-Veranstaltung fand Olaf ausschließlich Webseiten auf Kurmandschi. Der Google-Übersetzer lieferte ihm dafür unfreiwillig komisches Deutsch zurück. Die Autorenbiografie war aber weitestgehend verständlich. Der Mann hatte vier Jahre in einem türkischen Gefängnis abgesessen. Seit zwei Jahren lebte er im Exil in Großbritannien.

Informationen zum dritten Autor würde Olaf sich sparen. Bereits jetzt konnte er sich vorstellen, dass die Diskussionen zu den vorgestellten Büchern gewiss nicht unpolitisch abgelaufen waren. Wahrscheinlich war das bei allen Veranstaltungen des Literatursalons der Fall. Ein etwaiger Spitzel könnte verraten haben, wer an welchen Lesungen teilgenommen hatte. Kasim Yousef könnte auf diese Weise in den Fokus des türkischen Geheimdiensts geraten sein.

Olaf schreckte aus seinen Gedanken auf, als der Signalton für einen Skype-Anruf erklang.

Gottfried. Mal sehen, was er herausgefunden hat.

Es war nicht Gottfried, sondern Marie, Olafs Tochter. Seit nunmehr zwei Jahren studierte sie in Mendoza, einer Stadt in Argentinien unweit der Chilenischen Grenze. Es hatte bloß ein Auslandssemester sein sollen, dann aber verliebte sie sich in einen Argentinier. Olaf hatte mit Leonardo bislang nur wenige Worte gewechselt, wenn er neben Marie ins Bild gekommen war. Sonst kannte er ihn bloß von Fotos. Er skypte etwa alle zwei Wochen mit Marie, meistens spät abends, wenn es bei ihr in Argentinien Nachmittag war. Gewöhnlich verbredeten sie sich vorab per WhatsApp. Hatte er eine Nachricht übersehen?

Es dauerte einen Augenblick, bis das Bild seiner Tochter auf dem Laptop erschien. Er merkte sofort, dass etwas nicht stimmte. Es war nicht nur, weil der weiße Schrank mit den Lamellentüren fehlte, der sonst hinter ihrem Kopf im Bild war. Es war auch nicht wegen der fleckigen Wand, die er stattdessen im Hintergrund sah. Marie, die sonst mit überschäumendem Mitteilungsbedürfnis in die Kamera strahlte, starrte verzagt nach unten auf den Boden.

»Marie, was ist passiert?«

15

Gottfried richtete sich im Bett auf, schüttelte das Kopfkissen zurecht und suchte eine bequeme Position. Die Decke hatte er bis zu den Füßen heruntergeschoben. Er fühlte sich wieder besser. Schwester Julinda konnte er allerdings nicht beeindrucken. Noch immer behandelte sie ihn wie einen Todkranken. Gewiss würde sie die Ärzte von ihrer dramatischen Meinung zu seinem Zustand überzeugen. Vermutlich ließen sie ihn dann nicht am Montag nach Hause gehen und hielten ihn stattdessen zur Beobachtung hier. Er musste auf Julinda großen Eindruck gemacht haben, als sie ihn inmitten seines kompletten Mageninhalts vorgefunden hatte. Der Brechreiz war so plötzlich gekommen, dass Gottfried unkontrolliert alles vollgekotzt hatte.

Leider auch seinen Laptop. Der hatte nun den Geist aufgegeben. Zum Glück waren die Daten in der Cloud und nicht verloren. Der Laptop aber fehlte: der große Bildschirm, die Tastatur, die Programme. Das Handy war bloß ein unvollkommener Ersatz. Damit musste er fürs Erste weiterarbeiten. Erfahrungsgemäß dauerte es mehrere Tage, bis die IT-Abteilung einen neuen Laptop zur Verfügung stellte. Einen privaten Rechner hatte er nicht.

Morgen früh würde er mit Carsten telefonieren. Am besten richtete er einen täglichen Jour Fixe mit ihm ein. Elf Uhr wäre eine gute Zeit.

Gerade wollte er auf dem Smartphone die Meeting-Serie erstellen, als das Gerät in seiner Hand zu vibrieren begann. Olaf rief an.

»Ich habe ein riesiges Problem«, sagte Olaf, bevor Gottfried sein eigenes zur Sprache bringen konnte. »Du weißt, dass meine Tochter in Argentinien studiert.«

Natürlich wusste er das, sie studierte in Mendoza. Er selbst war dort vor einigen Jahren gewesen.

»Jetzt ist irgendetwas passiert, weshalb ihr Freund sie aus der Wohnung geworfen hat. Auch ihre Bekannten wollen mit ihr plötzlich nichts mehr zu tun haben.«

Er hatte Marie einige Male als kleines Mädchen gesehen, seitdem nicht mehr. Sie musste jetzt Anfang zwanzig sein, ein sehr unstetes Alter. »Ihr Freund hat sie rausgeworfen, ohne ihr zu sagen, warum?«

»Quasi von einer Minute auf die andere, sagt Marie. Er sei plötzlich wütend geworden, hätte sie als Schlampe beschimpft und von ihr verlangt, sofort aus der Wohnung auszuziehen.«

»Dann hat der Bursche etwas über sie erfahren, vielleicht eine Nachricht bekommen, oder er wurde von jemandem angerufen. Jedenfalls hat er eine Information erhalten, die zu diesem Ausbruch geführt hat.«

»Auf den Gedanken bin ich auch gekommen«, kam von Olaf zurück. »Ich schätze, es war eine Nachricht, die ihr gesamter Freundeskreis bekommen hat. Wieso würden sich sonst *alle* von ihr abwenden? Sie hat bei mehreren Freundinnen versucht, wenigstens für die erste Nacht unterzukommen, aber niemand wollte sie aufnehmen. Nun haust sie in einem winzigen Zimmer in einer heruntergekommenen Pension.«

»Sie könnte mit einem anderen Mann zusammen gewesen sein. Dabei wurde sie von jemandem gesehen, der Fotos gemacht hat. Heute hat ja jeder ein Smartphone zur Hand, mit dem man gestochen scharf fotografieren kann.«

»Das habe ich sie als Erstes gefragt. Sie hätte nichts mit einem anderen Mann gehabt, seit sie mit Leonardo zusammen ist, sagt sie.«

»Die nächste Option ist üble Nachrede«, meinte Gottfried. »Jemand hat Gerüchte über sie in Umlauf gebracht.«

»Die müssten allerdings sehr glaubhaft sein, wenn ihr Freund und der komplette Bekanntenkreis so darauf reagieren.«

»Vermutlich«, sagte Gottfried. »Was machst du jetzt?«, fragte er schließlich.

»Als Erstes schicke ich ihr Geld für eine vernünftige Bleibe. Und dann werde ich ihr helfen, herauszufinden, was überhaupt passiert ist.«

»Du solltest mit diesem Leonardo reden.«

»Über den Südatlantik hinweg ist das schwer.« Olaf zögerte. »Ich überlege mir was.«

Gottfrieds Augenlider wurden schwer. Dieser Abend hatte ihn geschafft! »Olaf, ich muss jetzt schlafen. Wenn mir noch was einfällt, wie ich Marie helfen kann, melde ich mich.«

Mit zittrigen Bewegungen platzierte er das Handy auf dem Nachttisch. Er brauchte Unterstützung, eine Vertretung. Auch für den Mordfall. Er würde das morgen klären. Seine Gedanken wurden langsamer. Der nahende Schlaf kündigte sich an.

Er hatte mit Olaf gar nicht über den Fall gesprochen!

16

Olaf skypte eine weitere halbe Stunde mit Marie, versuchte, sie über das Internet zu trösten, und rätselte gemeinsam mit ihr, was passiert sein könnte. Anschließend überwies er ihr per PayPal Geld, damit sie sich etwas anderes als dieses Loch leisten könnte, in dem sie sich eingemietet hatte. Das Flugticket nach Frankfurt hatte sie kategorisch ausgeschlagen.

Anschließend schrieb er ihrem Freund Leonardo eine Mail an die Adresse, die Marie ihm gegeben hatte. Sein Spanisch war gewiss voller Fehler, aber das war nicht wichtig. Die Sprache hatte er gemeinsam mit Carola erlernt. Beide waren sie recht gut gewesen, wollten und mussten es auch, hatten sie doch bereits Vorkehrungen getroffen gehabt, Deutschland in Richtung Gomera zu verlassen. Olaf würde heute mit Carola auf der Kanarischen Insel leben. Der Geisterfahrer auf der A3 hatte aber alles verändert: Carolas Leben ausgelöscht, Olafs und das seiner Kinder ins Schlingern gebracht. Für Marie war es besonders schlimm gewesen, sie hatte sich aber wieder gefangen. Vielleicht, weil sie sich in der Beziehung mit Leonardo geborgen fühlte.

Gefühlt *hatte*, musste man nun sagen.

Die Mail an den Argentinier war eine kurze, nüchterne Nachricht. Marie habe nichts Schlimmes getan, er glaube an ein Missverständnis oder eine Intrige. Er, Leonardo, solle bitte mit ihr reden oder ihr schreiben. Er könne auch *ihm* schreiben, falls ihm das lieber wäre.

Olaf schickte die Mail auf die Reise und schnaufte durch. Mehr konnte er im Moment nicht für Marie tun. Er ging in die Küche, holte sich ein Bier aus dem Kühlschrank und goss sich ein Glas voll. Die bittere Frische tat ihm gut. Langsam kehrte er in den Normalmodus zurück. Morgen würde er sehen, wie es mit Marie weiterging. In dem Mordfall zu recherchieren, würde ihn ablenken.

Er wollte mehr über diesen Deutsch-Kurdischen Literatursalon in Erfahrung bringen. Es wäre gut, direkt mit jemandem aus dem Verein zu reden. Dazu sollte er einen der Ansprechpartner anrufen, die im Impressum standen, allerdings nicht um diese späte Uhrzeit.

Er beschloss, stattdessen auf die Facebook-Seite von Yousefs Reisebüro zu gehen, auch wenn Gottfried sich dort bereits umgesehen hatte. Erst jetzt fiel ihm auf, dass Gottfrieds Recherchen in ihrem Telefonat gar nicht zur Sprache gekommen waren. Das war seltsam. Vielleicht aber hatte er einfach nichts Außergewöhnliches herausfinden können.

Das Profilbild der Reisebüro-Seite zeigte den Inhaber Kasim Yousef persönlich. Das erste Foto des Opfers. Olaf lud es auf seine Festplatte herunter. Das Haar des freundlich in die Kamera lächelnden, etwa 50-jährigen Mannes war an den Seiten angegraut. Hinter ihm war eine Weltkarte zu sehen.

Die Reisebüro-Seite war etwa wöchentlich mit einem neuen Artikel aktualisiert worden. Für einen so kleinen Laden recht häufig, befand Olaf. Wie nicht anders zu erwarten, ging es durchweg um touristische Themen: Zu Fotos mit Strandmotiven und atemberaubenden Landschaften wurden Urlaubsziele vorgestellt oder Schnäppchen beworben. Zu jedem Artikel gab es mindestens einen Like.

Olaf rief eines der Profile auf, das ein Sonderangebot mit einem »Gefällt mir« versehen hatte. Es gehörte einem Jörg Weber, einem Mann mittleren Alters. In dem Profil waren Selfies aus Restaurants in der Nähe der Leipziger Straße zu finden. Der Mann hatte zudem Artikel zur kritischen Parkplatzsituation in Bockenheim geteilt. Ganz gewiss lebte dieser Jörg Weber in Bockenheim und kannte Yousefs Reisebüro nicht bloß aus dem Internet. In dem Zeitraum, für den das gelikte Schnäppchen gültig gewesen war, hatte er allerdings einen Schottlandurlaub verbracht, wie eine Reihe von

Fotos auf seinem Profil dokumentierte. Er hatte also sein Urlaubsbudget nicht bei Yousef investiert.

Olaf nahm einen Schluck Bier und überlegte kurz, was er als nächstes tun sollte. Schließlich navigierte er zu der Liste der Facebook-Freunde des Mannes und klickte wahllos einige der einhunderteinundsiebzig Profile an. Er blätterte durch Seiten von Leuten, die ihre Vorlieben und Hobbys kundtaten – ein Eldorado für Firmen, die auf gezielte Werbung aus waren. Für den Mord an Yousef war das aber völlig unerheblich.

Bei dem neunten Facebook-Freund, einem Mann namens Carsten Bergmann, stieß Olaf auf einen Artikel der unsäglichen Art, mit denen das Internet seit Jahren geflutet wurde.

»Syrischer Vergewaltiger geht straffrei aus«, war die Überschrift des Artikels, den dieser Carsten mit dem Kommentar »Damit er weiter Frauen vergewaltigen kann« geteilt hatte.

Olaf blätterte in dem Profil des Mannes. Der hatte vorwiegend Urlaubsfotos gepostet, Bilder von seinem Motorrad, lustige Comics und Beiträge zu einer Rockband geteilt. Der Artikel zu dem vermeintlichen Vergewaltiger war der einzige dieser Art.

Olaf öffnete die Website, von der der Artikel geteilt worden war. Sie enthielt eine schier unendliche Reihe weiterer Artikel derselben Machart. Sie wurden begleitet mit Fotos, die den Eindruck erweckten, Horden von Moslems rannten marodierend durch deutsche Städte. Denselben Effekt erzielten die Überschriften: »Asylanten überfallen Polizeistation, töten fünf Polizisten«, »Afghanen vergewaltigen 15-Jährige im Bus«, »Wieder syrischer Vergewaltiger freigesprochen«.

Olaf spürte schlechte Laune aufsteigen. Er lehnte sich zurück, wandte für einen Moment den Blick vom Bildschirm ab. Der einzige Zweck dieser Website war, Hetze zu verbreiten. Diesen Mist sollte er nicht lesen.

Stattdessen wollte er sich eines der Fotos vornehmen. Er kopierte die Adresse des Bildes, das vier arabisch aussehende

Männer zeigte. Zu ihren Füßen lag eine tote Frau, vielleicht war sie auch nur bewusstlos. Der zugehörige Artikel war mit dem Titel »Pfungstadt: 20-Jährige von 4 Afghanen vergewaltigt, dann aufgeschlitzt« versehen. Er gab die Adresse des Fotos in die ›umgekehrte Bildersuche‹ von Google ein, einer Funktion, mit der im Netz weitere Exemplare eines Bildes gefunden werden konnten sowie solche, die ihm ähnlich waren.

Als sich auf dem Bildschirm die Ergebnisseite aufbaute, nahm Olaf einen Schluck von seinem Bier. Er grinste, obwohl es tatsächlich nichts zu grinsen gab. Er klickte auf das Bild, das ihn zu einer britischen Nachrichtenplattform führte. Es zeigte die Trümmer eines Hauses. In dem englischsprachigen Artikel ging es um einen Luftangriff auf ein syrisches Dorf. Auf dem Foto waren Helfer zu sehen, die in dem zerbombten Haus Überlebende und Tote bargen. Das Bild auf der Hetzer-Plattform zeigte bloß einen Ausschnitt dieses Fotos. Er war so gewählt, dass die vier Männer bedrohlich wirkten und die am Boden liegende Frau wie ihr Opfer.

Olaf hatte nur wenige Minuten benötigt, um den hetzerischen Artikel als das zu entlarven, was er war: eine Fälschung. Warum nahmen sich nicht alle diese Zeit, bevor sie solche Propaganda weiterverbreiteten?

So aufschlussreich seine Entdeckung auch war, sie brachte ihn Yousefs Mörder nicht näher. Olaf setzte die Lesebrille ab und rieb sich die Augen. Es war bereits halb zwölf. Bis halb eins würde er weiter recherchieren, nicht länger. Er wollte am nächsten Morgen nicht völlig groggy sein.

Er ging zurück zu dem Profil dieses Carsten Bergmann, der den hetzerischen Artikel geteilt hatte. Der hatte ihn wiederum von einem anderen Profil geteilt, von einem Mann namens Werner von Holzen. Dessen Titelbild zeigte das Logo der Partei Deutsche für Deutschland. Die Postings waren durchweg rassistischer und zersetzender Natur. In den

Texten wurden konsequent Vokabeln wie ›Systemparteien‹, ›Staatsfernsehen‹ und ›Lügenpresse‹ verwendet.

Olaf blätterte durch die Profildetails und nahm sich schließlich die Liste der Facebook-Gruppen vor, in denen von Holzen Mitglied war. Er fand Gruppen mit Titeln wie »Lügen der Systempresse« und »Opfer der Antifa«. Dieser von Holzen schien ein übler Demagoge zu sein.

Olaf gähnte. Dann klickte er spontan auf den Knopf ›Beitrittsanfrage‹ für die Gruppe »Muslimische Kinderschänder in Deutschland«, fuhr den Rechner herunter und ging ins Bad.

17

Olaf war überrascht, als er am Morgen in die Küche kam.

»Tobias, was hat dich aus dem Bett getrieben?«

Sein Sohn saß vor einer Schale Müsli und blickte von seinem Handy auf. »Ich muss heute arbeiten.«

Dass er an einem Sonntag zum Dienst musste, war nicht ungewöhnlich.

»Was hältst du von Maries Problem?« Natürlich wusste auch Tobias Bescheid. Olaf und die Kinder nutzten die »Family«-WhatsApp-Gruppe, um sich zu kleinen und großen Problemen auszutauschen.

»Dieser Leonardo muss ein kompletter Idiot sein«, meinte Tobias. Er trank von seinem Kaffee. »Anscheinend passen Deutsche und Argentinier nicht zusammen«, setzte er hinzu.

»Bis gestern schien es funktioniert zu haben«, entgegnete Olaf. Er setzte sich zu Tobias an den Tisch. »Und wieso arbeitest du heute?«

»Holger und ich müssen dringend nach Wiesbaden.«

»Eine Dienstreise in die ferne Landeshauptstadt«, sagte Olaf. »Wie kommst du zu der Ehre?«

Tobias' Miene verfinsterte sich für einen Moment. »Ob das eine Ehre ist, wird sich zeigen. Wir müssen um unseren Fall kämpfen.«

»Das LKA will euren aktuellen Mordfall übernehmen?«

Tobias nickte. »Jetzt wo wir endlich einen richtig interessanten Fall haben!«

Olaf hatte ihn selten positiv über seine Arbeit reden gehört. Sonst belastete ihn der Job immer.

»Ich habe von einem Mord in Bockenheim gelesen«, sagte Olaf mit Unschuldsmiene. »In einem Reisebüro. Ist das vielleicht dein Fall?«

Tobias sah ihn erschrocken an. Er legte das Handy neben die Müslischale. »Papa, manchmal bist du mir unheimlich. Woher weißt du das?«

Eine berechtigte Frage. Wie konnte er das wissen? Von einem Handyvirus wäre gewiss keine gute Antwort gewesen. »Ich les' halt Zeitung, und soweit ich weiß, gab es in Frankfurt in den letzten Tagen keinen weiteren Mord.«

»Es gab mehr als den einen.« Tobias blickte seinen Vater noch immer misstrauisch an. Dann nahm er einen Löffel voll Müsli. »Wenn du den Fall aus der Zeitung kennst, weißt du, dass die Organisierte Kriminalität dahintersteckt«, sagte er mit vollem Mund. »Aus diesem Grund versucht das LKA, den Fall an sich zu reißen.«

Olaf goss sich Kaffee ein. »Ist die Organisierte Kriminalität eine Nummer zu groß für die Frankfurter Mordkommission?«

Tobias setzte eine neutrale Miene auf. »Es gäbe Erkenntnisse, wonach es sich um eine international agierende und besonders brutale Organisation handeln würde. Mehr darf ich dir aber nicht verraten, Papa.«

Was immer damit gemeint sein könnte, Olaf wollte, dass Tobias weiter an diesem Fall arbeiten durfte. Schließlich ermittelten Gottfried und er nicht ausschließlich aus purer Lust, sie wollten Tobias damit etwas Gutes tun.

»Ich wünsche dir viel Erfolg in Wiesbaden«, sagte er schließlich. »Zeig den Typen vom LKA, dass Frankfurter ihre Mordfälle alleine lösen können.«

Die Leidenschaft, mit der er das sagte, ließ Tobias nervös auflachen.

»Schon gut, Papa.«

18

Als Tobias das Haus verließ, setzte Olaf sich sofort an den Laptop. Bereits auf dem Smartphone hatte er die Bestätigung für seine Beitrittsanfrage zu dieser dubiosen Facebook-Gruppe gesehen. Ob er dort etwas für seine Mordermittlungen finden würde, war allerdings fraglich. Einmal so tief in den braunen Sumpf vorgedrungen, war er allerdings neugierig darauf, was dort geschrieben wurde.

»Es liegt in der Religion begründet, dass muslimische Männer Kinder missbrauchen«, schrieb jemand. »Lasst sie im Meer ersaufen«, war der erste Kommentar dazu. »Sofort alle Moslems in den Knast«, der zweite. Die anderen Kommentare waren von ähnlichem Kaliber.

In den meisten Artikeln, die Olaf fand, ging es um angebliche Vergewaltigungen von Minderjährigen. Alle wären ausnahmslos von Moslems begangen worden. »Muslimische Männer werden gezielt nach Deutschland eingeschleust, damit sie deutsche Kinder missbrauchen«, hatte jemand geschrieben und dafür unzählige Likes und zustimmende Kommentare erhalten. Viele Artikel waren von der Hetzer-Seite geteilt worden, auf die Olaf am Abend zuvor gestoßen war.

Er saß kopfschüttelnd vor dem Bildschirm. Wieso schritt die Polizei nicht ein? War es nicht illegal, eine solche menschenverachtende braune Soße zu verbreiten? Eine dumpfe Wut begann sich an ihm hochzuarbeiten. Er hatte bereits die ersten Wörter für eine geharnischte Antwort auf ein besonders widerliches Posting eingetippt, als er bemerkte, was mit ihm los war.

Irritiert nahm er die Finger von der Tastatur. In ihm rumorte eine wilde Aggression. Es fühlte sich an, als hätte er Schaum vor dem Mund. Er ging in die Küche und schenkte sich den letzten Rest des Frühstückskaffees in die Tasse ein. Die abgestandene Brühe tat ihm gut. Die Auszeit verscheuchte den Aufruhr in seinem Körper.

Er ging zurück in sein Arbeitszimmer. Unbehagen machte sich in ihm breit, als ihm bewusst wurde, dass er in dieser rassistischen Gruppe mit seinem ganz normalen Facebook-Profil angemeldet war. Zwar war sie geheim, weshalb das niemand sehen konnte, der nicht dazu gehörte. Allerdings konnte jedes Mitglied der Gruppe herausfinden, wer er war.

Mit einem flauen Gefühl blätterte er durch die Beiträge. Es war schwer verdauliche Kost, beinahe nicht auszuhalten: »Mord«, »Vergewaltigung« und »alles von der Regierung geplant«. Er las die Beiträge nur quer und nie bis zum Ende. Erst als er einen Artikel mit der Überschrift »Muslimischer Kindesmissbrauch in Frankfurt am Main« fand, beschloss er, einen genauen Blick darauf zu werfen:

»Diese neue Facebook-Gruppe sammelt Vorfälle von Kindesmissbrauch durch Muslime in Frankfurt und Umgebung, die von der Regierung verschwiegen werden. Wir sind das einzige Register, das diese muslimischen Verbrecher enttarnt. Die Gruppe ist geheim. Beruft euch bei der Beitrittsanfrage auf mich.«

Nun war er bereits so tief in die rechtsextremen Abgründe eingetaucht, er sollte sich auch noch diese Gruppe ansehen. Der Verfasser des Beitrags war ein gewisser Dirk Hesel. Sein Profil enthielt neben Fotos von einem Hund erwartungsgemäß rechte Hetze und DfD-Propaganda.

Ob man Olaf überhaupt in diese Gruppe aufnehmen würde? Immerhin war es ihm gelungen, in die Gruppe »Muslimische Kinderschänder in Deutschland« gelassen zu werden. Und das mit seinem ganz normalen Facebook-Profil. Trotzdem war es vielleicht nötig, zunächst einige rechtsradikale Postings abzusetzen, um für diese Leute glaubhaft zu sein. Bei dem Gedanken, wie seine Facebook-Freunde darauf reagieren mochten, musste er grinsen.

Schließlich klickte er auf den Link, der ihn zu der geheimen Gruppe brachte. Als er ihr Titelbild und die Beschreibung sah, wurde offensichtlich, warum sie geheim, also nur für Facebook-Nutzer auffindbar war, die die genaue Adresse kannten.

Das Titelbild zeigte bärtige Männer mit der Kleidung und Kopfbedeckung der Talibankämpfer, die mit vorgehaltenen Gewehren eine Gruppe verängstigter Kinder zusammentrieben. In der Gruppenbeschreibung war von der bereits begonnenen »Umvolkung« in Deutschland die Rede. Die »korrupte deutsche Regierung« setzte die »Veranlagung der Muslime, Kinder zu missbrauchen«, gezielt als »Mittel zum Terror gegen das eigene Volk« ein.

Olaf beschloss, diesen Scheißdreck nicht weiterzulesen. Stattdessen klickte er auf ›Beitrittsanfrage‹. Es erschien ein Feld, in dem er den Grund angeben sollte, weshalb er Mitglied der Gruppe werden wollte. Er gab den Namen Dirk Hesel ein, des Verfassers des Beitrags in der anderen Gruppe. Dann fügte er folgenden Text hinzu:

»Bisher habe ich Merkel gewählt, aber jetzt weiß ich, dass wir alle verarscht werden. Die Regierung schützt seit Jahren einen muslimischen Kinderschänderring. Selbst jetzt, wo das alles rauskommt, wird keines der kleinen Mädchen befreit und keiner dieser Verbrecher angeklagt. Das hat doch Methode!«

Er grinste bitter, als er diesen Mist abschickte. Wie es schien, hatte er Talent für rechte Rhetorik.

Und sein Facebook-Profil würde bald in einer zweiten menschenverachtenden Gruppe erscheinen.

19

Er hatte gut für das Meeting mit dem Einkauf vorgesorgt. Carsten war gebrieft und wusste, worauf es Gottfried ankam. Das Meeting mit der Entwicklung hatte er auf Freitag verschieben können. Da war er hoffentlich aus diesem Krankenhaus raus.

Gerade hatte Schwester Julinda ihm nochmal klargemacht, dass Dr. Scharschmidt ihn keinesfalls morgen entlassen würde. Er musste sich darauf einrichten, mindestens bis Dienstag unter Beobachtung zu bleiben. Bis dahin würde es ihm gewiss bessergehen. In der Zwischenzeit musste eine Vertreterregelung greifen. Auf der Arbeit würde ihn Carsten vertreten, aber auch für den Mordfall benötigte er eine adäquate Person: einen Data Scientist, der es verstand, im Internet Recherchen im großen Stil zu betreiben.

In der Nacht, als er wegen einer vollen Blase aufgewacht und zur Toilette gegangen war, hatte er Phil, seinen texanischen Freund, in einer Mail um Unterstützung gebeten. Die Antwort hatte er bereits im Postfach. Der Experte war vor Ort. Phil würde dafür sorgen, dass die Kosten nicht aus dem Ruder liefen.

Gottfried stand aus dem Bett auf und setzte sich an den Tisch, an dem er bis zum Abend mit dem Laptop gearbeitet hatte. Die Idee, dass die IT frühestens am Donnerstag ein Ersatzgerät bereitstellen würde, gefiel ihm ganz und gar nicht.

Er wählte Olafs Nummer. Es dauerte eine Weile, bis er sich meldete.

»Ist dir wieder langweilig?«

»Ganz im Gegenteil«, gab Gottfried zurück. »Mir wächst die Arbeit über den Kopf. Ich musste mir einen Assistenten besorgen.«

»Glückwunsch. Ich hatte Angst, du stürzt noch heute in einen Flieger nach Amerika.«

Gottfried grinste. »Einer meiner Teamleiter wird mich unterstützen. Allerdings habe ich auch eine Vertretung für unseren Mordfall besorgt.«

»Was?« Olafs Stimme überschlug sich beinahe. »Du kannst doch nicht einfach jemand Fremden zu unseren Ermittlungen dazu nehmen! Das muss zwischen uns beiden bleiben.«

»Du kannst unbesorgt sein«, gab Gottfried zurück. »Ich garantiere, dass nichts nach außen dringt. Der Mann muss ein NDA unterschreiben.«

»Ein *Non Disclosure Agreement*!« Olafs Lachen klang hitzig. »Am besten erzählst du die Geschichte von Anfang an«, sagte er schließlich in ruhigerem Tonfall.

»Ich will die Gerüchte angehen, Yousef wäre pädophil gewesen. Natürlich können wir noch nicht wissen, ob doch die Organisierte Kriminalität dahinter steckt …«

»Oder der türkische Geheimdienst«, warf Olaf ein.

»Wie auch immer. Ich gehe für den Moment davon aus, dass die Gerüchte bei dem Mord eine Rolle spielen. Wie wir alle wissen, ist der beste Ort zum Streuen von Verschwörungstheorien das Internet, und deshalb haben wir beide dort recherchiert. Dabei bin ich gestern übrigens auf einigen unappetitlichen, rechtsradikalen Seiten gelandet.«

»Ich auch«, unterbrach ihn Olaf. »Ich habe das Gefühl, man kommt zwangsläufig auf solche Seiten, wenn man ein wenig in Facebook herumklickt. Mir ist allerdings unklar, ob das für unseren Mord interessant ist.«

»Der beste Ort für die Lüge, Behauptung oder vielleicht auch den zutreffenden Sachverhalt, der Mann wäre pädophil, ist eindeutig das Internet«, fuhr Gottfried fort. »Phil hat mir einen Data Scientist besorgt, der für uns Recherchen im Internet macht.«

»Einen Data Scientist?«, kam es von Olaf zurück. »Eigentlich gut, so jemanden zu haben.« Er klang nicht mehr verstimmt. »Aber wie finanzieren wir das?«

»Es ist ein Inder mit denkbar niedrigem Tagessatz. Wir bekommen die Offshore-Konditionen, obwohl der Mann vor Ort in Frankfurt ist. Er arbeitet hier an einem Projekt und übernimmt zusätzlich unseren Auftrag. Ich zahle das.«

»Unsinn. Wir teilen die Kosten«, sagte Olaf.

»Sehr gerne. Ich schicke dir die Kontaktdaten über den Messenger. Sein Vorname ist Ashwini. Der Nachname ist zu kompliziert, den bekomme ich nicht hin.«

Olaf lachte. »Die Idee gefällt mir immer besser. Ich spreche noch heute mit ihm alles im ›Krummen Hund‹ durch.«

»Perfekt«, sagte Gottfried zufrieden. »Hat sich deine Tochter wieder mit ihrem Argentinier versöhnt?«, fragte er schließlich.

»Seit gestern Abend gibt es nichts Neues. In Argentinien ist früher Morgen, vielleicht erfahre ich was im Laufe des Vormittags.«

»Lass es mich wissen, wenn ich etwas für dich tun kann.«

»Was solltest du für mich tun können?«

»Vielleicht kann Phil helfen.«

Vor einigen Jahren hatte Gottfried gemeinsam mit Phil an einem Kongress in Mendoza teilgenommen. Phil verfügte über viele Kontakte auf der ganzen Welt. In Mendoza waren sie zusammen mit einem Dozenten der dortigen Uni einen Wein trinken gewesen. Vielleicht könnte der in irgendeiner Weise unterstützen.

»Ein VWL-Professor, den dein Texaner kennen mag, wird mir nichts nützen«, meinte Olaf trocken. »Auch nicht deine indische Geheimwaffe.«

Gottfried grinste. »Ich werde Phil fragen.«

20

Karin bot in ihrer Kneipe von zwölf bis halb drei Mittagessen an. Direkt danach war der ›Krumme Hund‹ wie immer nur sehr spärlich besucht. Karin telefonierte hinter dem Tresen. Zwei junge Frauen, die an einem vollgekrümelten Tisch saßen, waren die einzigen Gäste. Olaf bestellte einen Cappuccino und ließ sich an einem der Tische nieder. Ein Blick auf sein Smartphone sagte ihm, dass es keine Neuigkeiten von Marie gab. Zuvor hatten sie einige Nachrichten per WhatsApp ausgetauscht. Nach wie vor wusste sie nicht, warum ihr Freund nichts mit ihr zu tun haben wollte.

Olaf schlürfte Cappuccino und blickte zur Tür. Er war mit diesem Ashwini für fünfzehn Uhr verabredet. Er hatte kein Foto von ihm, ein indischer IT-Experte würde im ›Krummen Hund‹ aber gewiss auffallen wie ein rosa Elefant.

Die kleine Frau, die zur Tür hereinkam und mit energischen Schritten dem Tresen zustrebte, hätte er beinahe übersehen.

»Grüß Gott!«

Karin sah überrascht von ihrem Spülbecken auf. Zuerst starrte sie geradeaus ins Leere, dann wanderte ihr Blick nach unten. Die pummelige Frau in Jeans und karierter Bluse war ungewöhnlich klein.

»*I am looking for Olaf.*«

Ihr Englisch war das für Inder typische melodiöse Stakkato. Olaf kannte diese Art, Englisch zu sprechen, aus Projekten mit indischen Kollegen und fand es sehr schwer zu verstehen.

Das schien auch Karin zu finden, denn sie antwortete der Dame vor dem Tresen mit einem ratlosen Grinsen, wies aber immerhin in Olafs Richtung. Kurz darauf blickte dieser in zwei wache, schwarze Augen und erhielt einen geschäftsmäßigen Händedruck. Kein Zweifel, Ashwini war eine Frau.

»Willkommen«, sagte er auf Englisch. »Vielen Dank, dass Sie so kurzfristig unseren Auftrag annehmen.«

»Ich arbeite zurzeit an einem Projekt in Frankfurt, habe aber Kapazitäten für mehr.«

Olaf musste sich anstrengen, kein Wort in dem heftigen Redefluss zu verpassen.

»Wir arbeiten an der Optimierung der *User Segmentation*…« Ashwini verwendete ungeniert die Fachbegriffe, die es jemandem ohne IT-Hintergrund unmöglich gemacht hätten, zu folgen. »Im Januar war ich bereits einmal in Deutschland tätig, damals als Consultant in München …«

Dort hat sie vermutlich das Grüß Gott aufgeschnappt, mit dem sie Karin angesprochen hat, ging Olaf durch den Kopf.

»Ich habe ein *Master's Degree* in *Computer Science* von der Universität in Hyderabat. Seit fünf Jahren bin ich auf Data Analytics und Datenforensik spezialisiert …« In rasendem Tempo zählte sie Namen von Produkten auf, mit denen sie profunde Erfahrungen habe, die Olaf allesamt nicht kannte. »Mir wurde gesagt, ich soll Sie bei einem *Analytics*-Projekt unterstützen.«

Der letzte Satz war offenkundig als Frage gemeint, denn der Redefluss kam abrupt zum Erliegen, und Olaf sah ein erwartungsvolles Augenpaar auf sich gerichtet.

Er räusperte sich. »Mein Partner und ich evaluieren eine neue Geschäftsidee. Aus diesem Grund benötigen wir Informationen darüber, was in den Sozialen Medien zu einem bestimmten Reisebüro gepostet wird.«

Er blickte Ashwini irritiert an, weil sie beständig ihren Kopf hin und her wackelte, während er redete.

»*Please go ahead*«, sagte sie, ihrerseits irritiert, weil Olaf nicht weitersprach.

»Wir wollen herausfinden, in welcher Qualität im Netz über das Reisebüro und seinen Eigentümer diskutiert wird.«

Ashwini begann wieder, mit dem Kopf zu wackeln. »Wir wollen ebenfalls wissen, ob es bestimmte Nutzer gibt, die die Diskussionen maßgeblich beeinflussen oder lenken.«

»Ich verstehe.« Ashwinis Kopf war zur Ruhe gekommen. »Sie wissen, dass Beiträge in Sozialen Medien durch gekauftes Liken, Kommentieren oder Teilen gezielt hervorgehoben werden können. Dadurch entsteht der Eindruck, ein Beitrag würde große Zustimmung bekommen. Es gibt etliche Firmen, bei denen man solche Services für wenig Geld beauftragen kann. Weiterhin gibt es Bots, also Computerprogramme, die eigenständig posten, kommentieren, liken und teilen und damit eine Realität vorgaukeln, die es gar nicht gibt.«

Olaf nickte. Er hatte von solchen Praktiken gehört. Warum sie völlig legal waren, wollte ihm nicht einleuchten. Insbesondere Rechtspopulisten wendeten diese Methoden an, um ihre manipulierte Wirklichkeit in möglichst viele Köpfe zu verankern.

»Ich werde Ihnen nach der Besprechung die Suchbegriffe zuschicken. Ihnen ist klar, dass es um Beiträge und Kommentare geht, die auf Deutsch verfasst sind. Kann das für Ihre Arbeit ein Problem werden?«

»Ich bin auf Deutsch nie über ›Grüß Gott‹ hinausgekommen.« Ashwini wackelte lachend mit dem Kopf. Olaf beschloss, sie nicht darüber aufzuklären, dass das in Hessen keine gängige Begrüßung war. »Für meine Recherchen im Netz brauche ich ausschließlich die Suchbegriffe.«

Olaf sah Günther am Tresen stehen. Er hatte ihn gar nicht hereinkommen sehen. Günther blickte zu ihnen herüber und schien nur mühsam ein Lachen zu unterdrücken.

»Ich schicke heute Nachmittag alle Details. Es wäre gut, morgen Abend bereits erste Ergebnisse zu bekommen.«

Günther grinste über das ganze Gesicht, als sich Ashwini auf den Ausgang zu bewegte.

»Wo hast du denn *den* ›laufenden Meter‹ aufgegabelt?«, rief er Olaf lachend zu, als die Tür hinter ihr ins Schloss fiel.

21

Olafs Versuche, jemanden vom Deutsch-Kurdischen Literatursalon ans Telefon zu bekommen, waren alle erfolglos gewesen. Wie es schien, war auch Kurden der Sonntag heilig. Er würde es am Montag erneut versuchen.

Den Rest des Nachmittags wollte er sich fürs Gitarre Spielen freihalten. Der Auftritt im ›Irish Pub‹ sollte bereits im Oktober stattfinden, und Uwe rechnete fest mit ihm als Gitarristen.

Olaf war nicht überzeugt, dass seine zaghaft wiederkehrenden Gitarrenkünste für einen Auftritt ausreichten. Bislang war die Band bloß eines von Uwes Hirngespinsten. Morgen sollte sie das erste Mal zusammenkommen. Olaf grinste bei der Vorstellung von rockenden Endfünfzigern in einem Keller und verspielte sich prompt. Stilistisch hatte Uwe etwas zwischen AC/DC und Deep Purple im Sinn. Vielleicht sollten sie eher Stücke der Sex Pistols spielen, dafür musste man nicht viel können.

Er verspielte sich erneut, als sein Smartphone den Eingang einer neuen Nachricht meldete.

Es war eine Mail von Leonardo, Maries Argentinier!

Sofort legte er die Gitarre zur Seite. Die auf Spanisch verfasste Nachricht war kurz und leicht zu verstehen:

»Sie werden begreifen, wenn Sie die Fotos sehen.«

Die Mail enthielt fünf Anhänge. Olaf öffnete den ersten. Das Blut schoss ihm ins Gesicht, als sich das Foto auf dem Display ausbreitete. Es zeigte Marie mit einem Mann in etwa seinem Alter. Offensichtlich war es in einem Nachtclub aufgenommen worden. Man konnte im Hintergrund deutlich eine nackte Tänzerin auf einer Bühne erkennen. Marie trug aufreizende Kleidung, die nur unvollkommen verhüllte, auf was der Mann lüstern blickte.

Olaf ließ sich fassungslos auf das Sofa fallen. *Das gibt's doch nicht!*

Er öffnete die anderen Anhänge, sah weitere Fotos, die Marie in einer Rolle zeigten, die man als Bardame oder eher Prostituierte bezeichnen musste. Auf einem der Fotos tanzte sie in Unterwäsche an einer Stange.

Wut mischte sich in die Verblüffung.

Diese kleine Kröte! Sie tat unschuldig, dabei versuchte sie bloß, ihn vor ihren Karren zu spannen, wollte sich von ihm trösten lassen, ihn vielleicht dazu bringen, irgendwie die Beziehung mit ihrem Freund zu kitten. Wieso überhaupt ließ sie sich auf einen solchen Job ein? Was trieb sie dazu, in einem solchen Puff zu arbeiten?

Ihm wurde bewusst, dass er nur noch wenig an Maries Leben teilhaben konnte. Von drei Besuchen in den letzten zwei Jahren abgesehen, kannte er sie bloß noch von Skype-Sessions und WhatsApp-Nachrichten.

Er sprang vom Sofa auf, lief im Zimmer auf und ab, dann in die Küche. Er musste sich abregen, musste die tausend Gedanken, die zugleich in sein Hirn schossen, in eine sinnvolle Reihenfolge bringen.

Kaffee! Er holte die Dose aus dem Schrank, nahm den alten Filter aus der Maschine und warf ihn in den Biomüll. Das Adrenalin verflüchtigte sich, als er den Kaffee aufsetzte.

Was immer Marie drüben in Argentinien trieb, jemand wollte ihr mit den Fotos schaden, wollte sie bei ihren Freunden anschwärzen, sie mit Leonardo auseinanderbringen.

Er wollte wissen, wer dieser Jemand war. Er würde die Bilder an Ashwini zur Analyse schicken, seine indische Geheimwaffe.

22

Gleich nachdem er die Nachricht an Ashwini verschickt hatte, rief Olaf auf dem Handy Facebook auf. Seine Beitrittsanfrage war von dem Administrator der Gruppe »Muslimischer Kindesmissbrauch in Frankfurt am Main« bestätigt worden. Er zögerte einen Moment, war unsicher, ob er es sich wirklich antun wollte, die Beiträge in der Gruppe zu lesen. So sehr ihn die Idee anwiderte, so neugierig war er aber, was er dort finden würde.

Er legte das Smartphone auf den Tisch und startete den Laptop. Für das, was er vorhatte, wollte er einen großen Bildschirm, Maus und Tastatur. Auf dem Monitor erschien die Facebook-Startseite mit dem, was der Algorithmus des Unternehmens für ihn ausgewählt hatte. Ärger stieg in ihm hoch, als er die empfohlenen Facebook-Gruppen sah: »Widerstand gegen die Umvolkung«, »Deutsche gegen die Islamisierung«, »Lügen der Staatsmedien«. Seine Aktivitäten vom Vortag hatten also dazu geführt, dass man ihn tiefer in die braune Soße ziehen wollte. Es war zum Kotzen!

Er klickte auf den Link, der ihn zu der geheimen Gruppe brachte. Wieder sah er das Bild mit den Taliban, den Gewehren, den verängstigten Kindern, dann die hetzerische Gruppenbeschreibung. Und nun war er, Olaf, Mitglied dieser Gruppe.

Seine schlimmen Erwartungen wurden bestätigt.

»Syrer vergewaltigt Kind in Heddernheim.«, »Afghane hält 10-Jährige monatelang in Kerker gefangen.«

Er las diesen Mist nicht. Stattdessen gab er in das Suchfeld den Begriff »Yousef« ein. Es durchfuhr ihn wie ein Blitz, als eine Reihe von Ergebnissen angezeigt wurde. Er klickte auf das erste in der Liste.

»Muslimischer Pädophilenring in Bockenheim« war der Titel des Beitrags. Das zugehörige Foto zeigte einen Mann mit einem kleinen Mädchen. Olaf schoss das Blut in den Kopf, als er das Gesicht des Mannes erkannte: Yousef! Er zog das Kind offenkundig gewaltsam an der Hand hinter sich her. Das Gesicht des Mädchens wurde durch einen ins Bild eingefügten schwarzen Balken unkenntlich gemacht. Auch der Unterleib des nackten Kindes war durch einen solchen Balken verdeckt.

Olaf stieß die Luft aus. Das Foto ließ keinen Zweifel daran, dass an den kursierenden Gerüchten etwas dran war.

Der Artikel war von einer Webseite verlinkt. Mit einem Mausklick fand Olaf sich auf einem Blog mit dem Titel »Wie der Islam unser Deutschland zerstört« wieder.

»Verdeckte Recherchen haben einen besonders perfiden Menschenhändlerring aufgedeckt, der sich auf kleine, deutsche Mädchen spezialisiert. Die Kinder werden in unterirdischen Verliesen gefangen gehalten und stundenweise an muslimische Freier vermietet. Kopf dieses Kinderschänderrings ist ein Türke mit deutschem Pass, der zur Tarnung seines Gewerbes ein Reisebüro betreibt. In einem Hinterzimmer befindet sich der Eingang zu den weit verzweigten unterirdischen Gängen, die unter dem gesamten Stadtteil gegraben wurden.«

Olaf lachte zynisch. Geheimgänge unter der Leipziger? Unter der U-Bahn? Starker Tobak!

»Die Verliese bieten Platz für mehr als einhundert gefangene Mädchen. Der Kinderschänderring steht ausschließlich muslimischen Männern offen, die ihrer im Islam begründeten Neigung, Kinder zu missbrauchen, in Bockenheim ungehindert nachgehen können.«

Olaf stöhnte auf. Dann zwang er sich, diesen Dreck weiterzulesen.

»Durch den von Merkel angepeitschten Flüchtlingsstrom wächst die Mitgliederzahl des Kinderschänderrings stetig an und damit auch der Bedarf an für Moslems verfügbaren deutschen Kindern. Bereits heute kommt die Polizei nicht hinterher, die explosionsartig ansteigende Zahl von Vermisstenfällen zu bearbeiten. Die Justizbehörden schweigen zu den Vorfällen, auch als die Redaktion sie mit den Ergebnissen unserer Recherchen konfrontiert. Aufgrund dieser politisch gewollten Duldung des Staates werden Moslems immer mehr unserer Kinder verschleppen, versklaven und grausam ermorden.«

Olaf hielt es nicht länger aus. Er übersprang mehrere Abschnitte und setzte eine Bildschirmseite weiter unten wieder ein.

»Wir kennen den Kopf dieser Bande, den Eigentümer des zur Tarnung gegründeten Reisebüros, in dem die Treppe hinunter zu den Kerkern unserer Kinder führt.«

Es folgte Yousefs voller Name, die vollständige Adresse seiner Wohnung und des Reisebüros.

Olaf klappte die Kinnlade runter. Er stand auf, blickte aus dem Fenster auf die von parkenden Autos gesäumte Straße. Er musste sich nochmal vergegenwärtigen, was er gerade gelesen hatte.

Yousef ein Pädophiler? Das schien das Foto auf der Website zu belegen. Ein System von Tunneln mit Verliesen mitten in Bockenheim? Kinder, die dort gefangen gehalten und von Muslimen missbraucht wurden? Das war nicht nur unwahrscheinlich, es war kompletter Unsinn. Der Artikel war nichts anderes als rassistische Hetze. Ein Fake.

Aber er enthielt Yousefs vollständige Adresse. Jeder in der Facebook-Gruppe und jeder, der auf dieser Webseite landete, würde wissen, wo er ihn antreffen konnte.

Und jeder, der den Artikel für echt hielt, würde Yousef den Tod wünschen.

Olaf setzte sich wieder vor den Laptop und blätterte eine Seite nach unten.

»Der Missbrauch von Kindern ist im Islam eine Jahrhunderte alte Tradition …«

Die Rückenlehne des Stuhls gab ein hässliches Knarren von sich, als Olaf aufsprang.

Er musste hier raus, musste sich bewegen. Sein Arzt hatte ihm empfohlen, Sport zu treiben. Genau das würde er jetzt tun. Sofort.

Ungeduldig durchwühlte er den Kleiderschrank, zog Stapel von Pullis und T-Shirts heraus, warf sie achtlos auf den Boden, fluchte, bis er endlich die Sporthose fand.

Wann war er zum letzten Mal joggen gewesen? Vermutlich zusammen mit Carola, so lange war das her. Die wohlvertraute Trostlosigkeit wollte sich in ihm ausbreiten, wie immer, wenn ihm unerwartet seine Frau in den Sinn kam, wurde aber im nächsten Moment von einer diffusen Wut plattgemacht. Wo waren die Laufschuhe? Der Abstellraum glich einem Trümmerfeld aus umhergeworfenen Schuhen, als er sie schließlich in einer Ecke fand. Sie müffelten nach den Käsefüßen einer anderen Zeit.

Bescheuert sah er aus, als er sich mit T-Shirt, kurzer Sporthose und Laufschuhen vor dem Spiegel im Flur musterte. Er riss den Haustürschlüssel vom Brett und polterte im Laufschritt die Treppe hinunter.

23

Er war schweißnass, als er in die Wohnung zurückkehrte. Und ihm war schwindelig, dabei hatte er es bloß bis zum Günthersburgpark geschafft, dorthin, wo eine ordentliche Joggingstrecke erst richtig beginnen sollte. Rasender Puls und Atemnot hatten ihn umkehren lassen, eine vernünftige Entscheidung, die ihn dennoch nicht vor Muskelkater bewahren würde.

Neben der Gewissheit, endlich Sport getrieben zu haben, brachte er eine wichtige Erkenntnis nach Hause: Populistische Texte machten aggressiv. Er musste genügend Abstand zu ihnen einhalten und sie ohne Gefühlswallung analysieren.

Er schlurfte in die Küche, goss sich ein Glas Mineralwasser ein und leerte es in einem Zug. Er war klebrig und fühlte sich dreckig. Genau so wollte er sein, wenn er weiter in der Facebook-Gruppe »Muslimischer Kindesmissbrauch in Frankfurt am Main« recherchierte.

Er nahm sich die Kommentare zu dem Artikel über Yousef vor.

»Und die Polizei tut nichts!«, war der erste.

»Die stecken mit denen doch unter einer Decke«, war eine Antwort darauf.

Jemand anderes widersprach: »Die Kinderficker sind doch alle Moslems, die lassen Deutsche nicht rein.«

»Es gibt immer mehr Moslems bei der Polizei. Die kriegen von Merkel deutsche Pässe und unterwandern die Polizei.«

»Erst auf der Wache brav gen Mekka beten, und dann geht's zu Yousef, ein deutsches Mädchen kaufen!«

»Ich finde es so schrecklich, was den Kindern angetan wird.«

Olaf hatte genug gesehen und ging zum nächsten Kommentar:

»Die Antifa fischt sie aus dem Meer, damit die hier unsere Kinder ficken.«

»Je mehr Kanaken ersaufen, umso besser«, war die erste Antwort dazu.

»Ich würde Kriegsschiffe hinschicken und die in ihren jämmerlichen Booten versenken.«

Olaf ersparte sich die restlichen Antworten. Er ging zum nächsten Kommentar und die Antworten darauf.

»Wieso räuchert man diese Kanaken nicht einfach aus?«

»Wir kennen den Kopf der Bande. Da kann man doch nicht zur Tagesordnung übergehen.«

»Wir wissen, wo der Arsch zu finden ist. Schnappen wir ihn und befreien die Kinder!«

»Ich finde es so schlimm, was den Kindern angetan wird.«

Beinahe denselben Wortlaut hatte Olaf weiter oben gelesen. Er rief das Profil der Person auf, die beide Antworten verfasst hatte, eine gewisse Dagmar Zirnhöld: Katzenbilder, sinnige Sprüche vom Dalai-Lama und geteilte Artikel der DfD.

Er ging zurück zu den nächsten Antworten.

»Die Kinder werden jeden Tag gequält, und keiner tut was dagegen.«

»Ist denen egal. Die wollen die Moslems bei Laune halten. Die sollen ja bleiben und unser Land übernehmen.«

Bei dem Rest der Diskussion ging es um »Umvolkung« und krude Weltverschwörungen, was für einen Staatsanwalt gewiss von Interesse war. Olaf wollte aber den Mörder von Yousef ermitteln. Sein Gefühl sagte ihm, dass er kurz davorstand.

»Ich finde es so schrecklich, was den Kindern angetan wird.« Diesmal hatte die Dame mit dem Namen Dagmar nicht auf den Kommentar von jemandem geantwortet, sondern selbst einen verfasst.

»Wenn die Polizei nichts tut, muss es einer von uns tun«, war die erste Antwort dazu.

»Die sind bestimmt schwer bewaffnet.«

»Wir haben auch Waffen.«

Olaf rief das Profil zu dieser Antwort auf. Es war voller Propaganda-Videos. Auf allen, die er anklickte, waren Gruppen arabisch aussehender Männer zu sehen, die unaufhaltsam und mit großer Geschwindigkeit einem unsichtbaren Ziel entgegenstrebten. Mit entschlossenen Blicken überwanden sie Barrieren und Barrikaden, und nichts und niemand konnte sie bremsen. In den unterlegten Texten war die Rede von syrischen Asylanten, die eine Polizeistation in Paderborn stürmten, Afghanen vergewaltigten deutsche Frauen in einer Stuttgarter Fußgängerzone, Marokkaner überfielen ein Freibad in Recklinghausen.

Wieder spürte Olaf Wut aufkeimen. Er zähmte sie mit dem Gedanken, dass er sich dem allen nur deshalb aussetzte, weil er Yousefs Mörder ermitteln wollte.

»Man muss die Kinder befreien!« Das stammte von Dagmar Zirnhöld.

»Ich kenne dieses Reisebüro«, schrieb jemand anderes als Antwort. »Es wirkt ganz normal, die perfekte Tarnung. Und Yousef ist die meiste Zeit alleine.«

Dieser Mensch schien den Laden und auch Yousefs Gewohnheiten zu kennen. Endlich etwas Konkretes!

»Der denkt wohl, ihm kann keiner was«, schrieb jemand als Antwort.

»Es ist ganz einfach, dieses Schwein auszuschalten«, schrieb der von vorher. »Dann muss man bloß noch im Hinterzimmer den Eingang zu den Geheimgängen finden und so viele Mädchen wie möglich befreien.«

»Vielleicht wird der Eingang bewacht«, gab jemand zu bedenken.

»Das Risiko muss man eingehen. Ich sehe nicht tatenlos zu, wie der halbe Orient unsere Kinder missbraucht.«

Olaf spürte ein vertrautes Kribbeln. Er klickte auf das Profil des Mannes, der Yousef im wirklichen Leben zu kennen schien. Steffen Brunner hatte Artikel einer DfD-Seite verlinkt, sonst war sein Profil eher unauffällig. Im Gegensatz zu den meisten, die Olaf sich bei seiner Recherche angesehen hatte, schien dieses nicht einzig und allein der Verbreitung von Hetze zu dienen. Es wirkte authentisch. Schnell fand Olaf heraus, dass der Mann siebenunddreißig Jahre alt und Single war. Er lebte in Ginnheim, und sein Lieblingssport war Stand-Up Paddling. Er machte gute Fotos, die er auf Instagram postete, vorwiegend Landschaften, Fachwerkhäuser und Kirchtürme.

Wie passte das alles zur Facebook-Gruppe »Muslimischer Kindesmissbrauch in Frankfurt am Main«?

Olaf gab »Steffen Brunner« in das Suchfeld ein, um alle Postings und Kommentare zu bekommen, die unter diesem Namen eingegeben worden waren.

Brunner hatte sich an vielen Diskussionen beteiligt. Während der Ton in der Gruppe von Rassismus und zersetzender Rhetorik geprägt war, kam er vergleichsweise moderat rüber:

»Wenn die Polizei diese Verbrecher deckt, müssen eben wir tätig werden.« »Notfalls muss man dem Typ eine Kugel in den Kopf jagen, um die Kinder zu befreien.«

Allerdings machte Brunner auch den Eindruck eines Menschen, der nicht bloß diskutieren, sondern Nägel mit Köpfen machen wollte.

Für Olaf stand fest: Das war ihr Mann.

Er öffnete die letzte Nachricht, die Brunner in die Gruppe gepostet hatte:

»Bin gerade am Reisebüro vorbeigelaufen. Yousef sitzt mit schmierigem Grinsen am Schreibtisch. Der soll sich nicht zu früh freuen.«

Dieser Beitrag war knapp eine Stunde vor Yousefs Ermordung verfasst worden. In seiner Vorstellung sah Olaf Steffen Brunner in das Reisebüro treten, eine Pistole zücken und an die Schläfe eines verblüfften Yousef halten.

Aufgekratzt verließ er die Suchergebnisse und blätterte in der Gruppe weiter nach unten. Er wurde schnell fündig.

»Ein dreckiger Moslem weniger auf der Welt!« Dieser Beitrag wurde einige Stunden nach dem Mord gepostet. Über einen Zeitraum von zwei Tagen wurden triumphale, menschenverachtende Tiraden ausgetauscht und die Genugtuung zum Ausdruck gebracht, dass »dieses muslimische Schwein« endlich von jemandem »hingerichtet« worden wäre.

Olaf fand alle Verfasser der zuvor gelesenen Beiträge wieder, an die er sich erinnern konnte, selbstverständlich auch Dagmar Zirnhöld, die sich mit »Die armen Mädchen müssen völlig traumatisiert sein« äußerte.

Steffen Brunner tauchte bei dem Triumphgeheule nicht auf.

Der Mörder überließ das Jubeln anderen.

24

Olaf legte die Brille neben den Laptop. Er hatte sich mit so viel Dreck beschäftigt, er fühlte sich schmutzig. Vielleicht lag es aber auch am Geruch der verschwitzten Joggingklamotten und seines klebrigen Körpers. Er wollte duschen und danach mit Gottfried sprechen.

Der bloße Gedanke an sein Handy schien es zu veranlassen, den Klingelton für unbekannte Anrufer zu spielen. Das Display zeigte eine ausländische Nummer an.

»*This was very easy!*« Er glaubte, Ashwinis Kopf vergnügt hin und her wackeln zu sehen.

»Gibt es bereits Ergebnisse zu dem Reisebüro?«

»Nein, nein. Das wird noch eine Weile dauern. Ich kann erst morgen Abend die ersten Ergebnisse schicken. Es geht um die Fotos mit der jungen Frau in der Stripteasebar.« Ashwini machte den Eindruck eines Menschen, der einen guten Witz erzählen möchte und dabei Gefahr läuft, es vor Lachen nicht bis zur Pointe zu schaffen. »Ich habe keine Ahnung, wer die Frau auf den Fotos ist. Allerdings habe ich Bilder im Internet gefunden, die identisch mit denen sind, die Sie mir geschickt haben. Identisch bis auf das Gesicht dieser Frau.« Ashwini gab ein vergnügtes Glucksen von sich. »Auf den Fotos im Internet ist es eine andere. Sie heißt Nina Badkowski.«

»Nina was?«

»Badkowski. Eine amerikanische Schauspielerin. Alle Bilder, die Sie mir geschickt haben, sind Standfotos aus einem amerikanischen Actionfilm: ›Die Hölle von Detroit‹. Das Gesicht der Frau wurde über das von Nina Badkowski montiert. Die Bilder sind Fotomontagen.«

Olaf spürte, wie sich ein breites Grinsen über sein Gesicht legte. Marie war niemals in dieser Bar gewesen. Sie hatte mit dieser Szenerie nichts zu tun. Ihr Gesicht war von irgendjemandem in die Fotos hineinkopiert worden. Nach dem vielen Schmutz, mit dem er zu tun hatte, kam diese Erkenntnis wie eine reinigende Dusche.

»Soll ich die Identität der jungen Frau ermitteln, die anstelle von Nina Badkowski in die Bilder montiert wurde?«, fragte Ashwini.

»Das ist nicht nötig.« Olaf musste lachen. Weil er von der Nachricht überwältigt war, vom Joggen platt oder im Geiste Ashwinis wackelnden Kopf vor sich sah, konnte er nicht sagen.

»Ashwini, ich danke Ihnen. Melden Sie sich bitte morgen Abend mit den Zwischenergebnissen.«

Er hörte ihr glucksendes Lachen, als er auflegte.

Olaf roch nach Duschgel, als er wieder am Schreibtisch saß. Das Ziehen in den Beinen schmerzte. Er sah es als Belohnung an, endlich mit dem Sport begonnen zu haben.

Gespannt öffnete er den Link, den Ashwini ihm geschickt hatte. Er führte ihn zu einer Rezension zu ›Die Hölle von Detroit‹. Die Redaktion des Film-Portals wertete den Streifen als »B-Movie mit minimalem Anspruch«. Nina Badkowski war auf den Standfotos eine atemberaubend leicht bekleidete Blondine. Wie es schien, hatte sie ausschließlich in drittklassigen Filmen gespielt und 2007 ihre Schauspielkarriere an den Nagel gehängt. ›Die Hölle von Detroit‹ war ein Flop und so unbekannt wie Nina Badkowski selbst. Nur ausgesprochene Experten wären in der Lage, die Standfotos zu erkennen, in die Maries Gesicht montiert worden war.

Olaf schrieb die Mail mit den Beweisen, dass die Bilder gefakt waren, auf Englisch, das ihm leichter von der Hand ging als sein verstaubtes Spanisch. Er setzte beide, Leonardo und Marie, auf die Liste der Empfänger. »Ich hoffe, ihr findet heraus, wer euch damit schaden will«, fügte er abschließend hinzu.

Danach wählte er Gottfrieds Nummer. Er ließ es klingeln, bis der Anrufbeantworter ansprang. Dann versuchte er es erneut, aber mit demselben Ergebnis.

Er wird doch nicht etwa im Flieger in die USA sitzen?

Eine abwegige Idee. Trotzdem startete Olaf die Tracking-App auf seinem Handy. Nicht erst, seit sie ihm einmal das Leben gerettet hatte, erlaubten Gottfried und er, sich gegenseitig zu tracken. Das rote Symbol, das Gottfrieds Aufenthaltsort kennzeichnete, schwebte über der Adresse des Krankenhauses.

Wieder wählte er die Nummer seines alten Freundes. Als sich erneut nur der Anrufbeantworter meldete, schrieb er ihm eine Nachricht über den Messenger: »Ich glaube, ich habe ihn!«

Der Schmerz schoss ihm in die Oberschenkel, als er viel zu schnell vom Schreibtisch aufstand. Er zog sich die Straßenschuhe an und machte sich steifbeinig auf den Weg in den ›Krummen Hund‹.

Als Olaf in die Apfelweinkneipe kam, sah er Günther an einem Tisch sitzen und Spielkarten austeilen. Das Gesicht des Mannes ihm gegenüber konnte Olaf nicht sehen. Erst als er sich näherte, bemerkte er, dass Günther auf sein Gegenüber auf Englisch einredete. Der schien zu überlegen, was Günther ihm wohl sagen wollte.

»*Hi Mateu! You here in the ›Krummer Hund‹?*«

Mateu erhob sich beschwingt von seinem Stuhl, um Olaf zu umarmen. »Ich will das tun, was auch die *Locals* tun«, sagte er. »Vor allem, wenn es dasselbe ist wie bei uns in Spanien.«

Olaf setzte sich zu ihnen an den Tisch. »Du meinst, in die Kneipe gehen und Karten spielen?«

»Ich bringe ihm gerade Mau-Mau bei«, sagte Günther. »Zu dritt könnten wir auch Skat spielen. *In Spain Skat play?*«, fragte er an Mateu gewandt.

Mateu kannte das Spiel erwartungsgemäß nicht. Karin stellte Olaf einen Sauergespritzten auf den Tisch. Nach dem Joggen hätte er lieber etwas ohne Alkohol getrunken, vielleicht einen Saft. Karin brachte ihm aber immer einen Sauergespritzten, wenn er nicht ausdrücklich, und vor allem rasch, etwas Anderes bestellte.

Günther begann umständlich, die Spielregeln für Skat zu erklären, als Olafs Handy eine neue WhatsApp-Nachricht ankündigte. Dankbar, sich für einen Moment aus dem deutsch-englischen Radebrechen ausklinken zu können, zog er sein Smartphone aus der Jackentasche.

Die Nachricht war von Marie: »Danke, Papa, dass du das rausgekriegt hast. Leonardo hat mich gleich angerufen. Wir sind beide entsetzt, dass es so weit kommen konnte. Hammer, wie man Bilder faken kann! Wer macht denn so was?«

»Jemand, der dich mit Leonardo auseinanderbringen will?«, schrieb Olaf zurück.

Günther teilte Karten aus, diesmal für drei Mitspieler. Seine Erklärungen auf Englisch waren weitgehend unverständlich, trotzdem nickte Mateu mehrmals mit dem Kopf, als ob er folgen könnte. Olaf übersetzte ihm knapp, was Günther auszudrücken versuchte. Er wollte gerade seine Karten aufnehmen, als eine weitere Nachricht von Marie eintraf.

»Keine Ahnung, wer das getan haben könnte. Jetzt treffe ich mich mit Leonardo.« Es folgten mehrere Zeilen mit Küsschen-Emojis, Smileys und Herzchen. »Tschüss. Ich rufe dich nachher an.«

»Mach das«, tippte Olaf ein, als Günther dazwischenfuhr: »Weg mit dem doofen Handy. Jetzt wird gespielt!«

Olaf nahm grinsend die Karten auf. Er hatte drei Buben auf der Hand. Er konnte nur gewinnen.

25

Das Handy! Plötzlich drang das Brummen in sein Bewusstsein. Es war stockfinster. Nur durch die Ritzen des Rollladens drang etwas Licht. Wie spät war es überhaupt? Olaf fand den Lichtschalter und arbeitete sich in die Richtung vor, aus der das hartnäckige Rumpeln kam. Das Handy lag im Wohnzimmer auf dem Tisch. Es verstummte, bevor er es in die Hand bekam. Ohne Brille konnte er die Benachrichtigung nicht lesen, aber würde es etwas anderes sein als »Verpasster Anruf«?

Er fand die Lesebrille auf der Lehne der Couch. Der Anrufer war Gottfried. Und es war zwei Uhr in der Nacht! Wieder begann das Handy zu vibrieren. Olaf nahm den Anruf rasch entgegen.

»Was hat dich geritten, mitten in der Nacht anzurufen?«

»Wie spät ist es denn?«, war Gottfrieds hohe Stimme zu hören. »Oh, schon zwei Uhr. Das hatte ich gar nicht bemerkt. Hier im Krankenhaus gehen die Uhren anders.«

»Im Krankenhaus kriegt man morgens um sechs Frühstück, und abends um halb zehn wird das Licht ausgemacht, nicht erst nachts um zwei.«

»Das ist übertrieben. Es stimmt aber beinahe. Ich habe von Nachmittag bis zum frühen Abend geschlafen. Jetzt bin ich munter, als hätte ich einen Jetlag.«

Olaf blickte zu Tobias' Zimmertür. Sie blieb geschlossen. Da er bisher nicht herausgekommen war, um sich über den Lärm zu beklagen, war er vermutlich nicht aufgewacht. Olaf ging ins Arbeitszimmer und schloss die Tür hinter sich. Mit gesenkter Stimme berichtete er Gottfried, was er auf Facebook herausgefunden hatte.

»Bist du dir sicher, dass es diesen Brunner wirklich gibt?«, sagte Gottfried.

»Ich habe ihn im Telefonbuch gefunden«, erwiderte Olaf. »Ich schicke dir die Adresse.«

»Es könnte aber jemand seine Identität gestohlen haben und sich als er ausgeben, um seine eigene zu verschleiern.«

»Theoretisch möglich. Das Profil wirkt aber dermaßen authentisch, ich glaube, es ist wirklich von diesem Brunner selbst.«

»Das reicht dann aber nicht für eine Festnahme«, sagte Gottfried.

»Vermutlich nicht. Und selbst wenn es zu einer Hausdurchsuchung käme, könnte die Polizei vielleicht beweisen, dass er diese Kommentare von seinem Laptop oder Handy aus geschrieben hat. Es würde aber nicht ausreichen, ihm damit den Mord nachzuweisen. Dafür müsste man schon die Tatwaffe bei ihm finden. Die bewahrt er aber bestimmt nicht bei sich zu Hause auf.«

»Richtig. Ihn nur aufgrund dieser Zeilen auf Facebook festnehmen zu wollen, könnte sich als Rohrkrepierer herausstellen.«

»Ich will ja Tobias zu einem Erfolg verhelfen«, betonte Olaf. »Es wäre blöd, wenn sein Mordkandidat am nächsten Tag mit einem höhnischen Grinsen aus dem Gefängnis spazieren würde.«

»Wir brauchen mehr Informationen. Ashwini soll mit seinem Data-Analytics-Zeug alles zu dem Mann sammeln, was das Internet hergibt.«

»Ashwini mit *ihrem* Data-Analytics-Zeug, muss es heißen«, sagte Olaf grinsend. »Ashwini ist eine Frau.«

»Ist mir auch recht, Hauptsache wir bekommen etwas, womit wir diesen Brunner überführen können.«

»Dann lass uns hoffen, dass unsere indische Geheimwaffe genug herausfindet«, sagte Olaf. Er spürte, wie müde er war. Eigentlich wollte er zurück ins Bett, aber diese Geschichte musste er noch loswerden:

»Ashwini hat in kürzester Zeit herausgefunden, dass die Fotos von Marie Fakes sind.« Knapp fasste er zusammen, was es mit den Fotos auf sich hatte. »Jetzt gehe ich aber zurück ins Bett«, sagte er schließlich. »Bitte lass mich diesmal schlafen.«

Gottfried legte das Smartphone auf den Tisch und betrachtete die Notizen, die er während des Telefonats gemacht hatte. Sie kannten Name und Adresse des vermeintlichen Mörders. Der Mann wohnte in der Nähe des Krankenhauses, in dem Gottfried seit nunmehr vier Tagen festsaß. Wäre er etwas fitter, könnte er zu Brunners Wohnung spazieren und an der Tür klingeln. Leider war in seinem Zustand nicht daran zu denken.

Die Stuhlbeine kreischten über das Linoleum, als er schwerfällig aufstand. Dieses Krankenhaus machte ihn krank. Je früher er hier herauskäme, desto besser. Seufzend ging er in das kleine Badezimmer, putzte sich die Zähne und ging auf die Toilette. Er machte sich bettfertig, dabei wusste er genau, dass er nicht einschlafen würde. Kurz überlegte er, ob er klingeln sollte. Schwester Julinda gäbe ihm gewiss etwas, das ihn schläfrig machen würde.

Er entschied sich dagegen. Er würde noch eine Weile Mails bearbeiten. Und über diesen Brunner nachdenken.

Der Mörder wohnte nur wenige Straßen um die Ecke.

26

Es fühlte sich gut an, wieder richtige Kleidung an sich zu spüren. Gottfried schien, als hätte er seit Monaten nur noch Schlafanzüge getragen. Er wusste, dass es draußen frisch war, obwohl für den Nachmittag vierundzwanzig Grad vorhergesagt waren. Gestern hatte er es seltsam gefunden, als Martina, seine Frau, ihm neben dem frischen Pyjama auch eine Übergangsjacke gebracht hatte. Heute war er froh, dass er sie mitnehmen konnte.

Martina würde der Anlass nicht gefallen, zu dem er die Jacke anzog.

Er musste sich vorsehen, nicht Schwester Julinda in die Arme zu laufen. Sie hatte ihren Laden gut im Griff. Gewiss kannte sie alle gängigen Ausreden, mit denen sich Patienten von der Station stehlen wollten.

Er verstaute das Handy in der Innentasche und öffnete die Tür. Der kahle Korridor war verwaist. Gottfried machte sich auf den Weg zu der Glastür, die das Ende von Schwester Julindas Herrschaftsgebiet und den Bereich mit den Fahrstühlen markierte. Das Gehen war nicht so mühsam wie befürchtet. Endlich konnte er wieder aktiv sein, würde etwas bewegen.

Er sollte Olaf eine Nachricht schicken, ihn einweihen, aber das konnte er später tun. Nachdem er die kritischen Meter bis zu den Fahrstühlen gemeistert hätte, hinunter ins Erdgeschoss gefahren wäre und in einem Taxi sitzen würde.

Aus dem Schwesternzimmer waren Stimmen zu hören. Zwei Frauen redeten miteinander. Er glaubte, Julindas Stimme herauszuhören. Unwillkürlich beschleunigte er seine Schritte. Als er die schwere Glastür erreichte, war ihm schwindelig. Rasch öffnete er sie. Er konnte im Fahrstuhl verschnaufen, wollte sich nicht von der Nachtschwester einfangen lassen.

Der Aufzug brachte ihn nach unten. Mit langsamen, aber stetigen Schritten strebte Gottfried den Gang entlang der Freiheit zu. Eisige Luft schlug ihm entgegen, als er nach draußen trat und den Taxistand ansteuerte. Den Protest des Taxifahrers, als er die Adresse nannte, hatte er vorhergesehen. Die zwanzig Euro zusätzlich für eine Strecke, die die meisten zu Fuß gehen würden, veranlassten den Fahrer schließlich dazu, sein Taxi in Bewegung zu setzen.

Es war großartig, endlich wieder auf Achse zu sein, auch wenn es nur um einige hundert Meter ging.

Gottfried verfasste die Nachricht an Olaf: »Ich statte diesem Herrn Brunner einen Besuch ab.«

Der Wagen stoppte bereits, als er auf ›Senden‹ drückte.

»Fünf Euro fünfzig«, sagte der Taxifahrer mit ironischem Grinsen. »Zuzüglich den vereinbarten zwanzig Euro«

Gottfried ließ sich auf achtundzwanzig Euro herausgeben und stieg aus. Kurz sah er dem Taxi nach, bevor er die wenigen Schritte zu dem Wohnblock machte. Er zog den Reißverschluss der Jacke ganz nach oben und stellte den Kragen auf. Die Sonne verbreitete ein schwaches, orangenes Licht, das der kühlen Luft nichts entgegenzusetzen hatte. Auf der anderen Seite der Straße lief eine Frau mit klappernden Absätzen in Richtung der U-Bahnstation. Ein Audi A3 parkte aus einer Lücke aus, rollte bis zur nächsten Kreuzung und bog nach rechts ab.

Brunners Klingel war die dritte von unten. Wie es schien, wohnte er im ersten Stock. Gut, dass es nicht eines der oberen Stockwerke war.

Beinahe ungläubig betrachtete Gottfried seinen Zeigefinger, als er die Klingel drückte. Er war knorrig und mager wie der eines Todgeweihten. Ein forderndes Summen ließ ihn die Haustür aufdrücken. Er betrat ein enges Treppenhaus. Die Wände und die hölzerne Treppe erschienen frisch renoviert. An einer der Wohnungstüren erblickte er einen Kranz aus Salzteig. Er stützte sich am Geländer ab, als er die Stufen emporkletterte.

Eine Männerstimme rief ein fragendes »Hallo?«, verhalten wie jemand, der zu so früher Stunde die Nachbarn nicht aufwecken möchte. Der Mann wich einen Schritt zurück, als er Gottfried erblickte. Gottfried kannte die Reaktionen auf sein Totenkopfgrinsen. Diesmal war es sein Vorteil. Er nahm sich Zeit mit den letzten Stufen und ließ dabei den Mann vor der Wohnungstür nicht aus den Augen.

Brunner trug eine Sporthose und ein kurzärmeliges Schlafanzugoberteil. Die Fotos auf Facebook waren schmeichelhafter als der Anblick des unrasierten Mannes vor Gottfried, der ihn mit trüben Augen anstarrte.

Gottfried hatte schließlich die letzte Stufe gemeistert. »Ich weiß, was du letzte Woche Mittwoch getan hast«, sagte er.

Brunners Augen weiteten sich. Nervös blickte er um sich, als hätte er Angst, die Nachbarn könnten lauschten.

»Kommen Sie rein!«, zischte er heftig.

27

Olaf war viel zu früh aufgewacht. Er setzte sich ohne Frühstück sofort an den Schreibtisch.

Als der Laptop hochgefahren war, installierte er die Software, die Ashwini ihm am Abend geschickt hatte. In das dafür vorgesehene Eingabefeld kopierte er die Adressen der Facebook-Profile und Gruppen, die Ashwini genauer untersuchen sollte, darunter die Gruppen »Muslimische Kinderschänder in Deutschland« und »Muslimischer Kindesmissbrauch in Frankfurt am Main«. Das Programm würde Daten und Links herunterladen und auf einem ihrer Server sammeln. Er war sehr gespannt, was sie mit diesen Informationen anfangen würde.

Anschließend warf er einen Blick auf sein Smartphone. *Achtundvierzig Nachrichten!*, stellte er entgeistert fest. Er entsperrte den Bildschirm und musste grinsen: Uwe hatte eine neue WhatsApp-Gruppe eingerichtet, »Band Reunion«, und alle Mitglieder der Band hinzugefügt. Wie es schien, hatte Uwe unzählige YouTube-Videos von Rocklegenden in die Gruppe geteilt, was von den anderen mit lustigen Bildchen und weiteren Musikvideos beantwortet worden war. Sich das anzuschauen, könnte Stunden dauern. Er würde das später durchsehen, ebenso wie die Nachrichten aus den anderen Chats, für die ihm Benachrichtigungen angezeigt wurden.

Stattdessen setzte er sich mit der Gitarre auf die Couch. Die Bandprobe war bereits heute Abend, und er hatte keine Lust, wie ein kompletter Idiot dazustehen. Zwar gelangen ihm die wiederentdeckten Riffs von früher besser, wirklich reif für eine Bühne empfand er sich aber keineswegs. Vermutlich erging es den anderen Ex-Rockern genauso. Uwe hatte ihm am Telefon eingestanden, dass keiner von denen seit damals Musik gemacht hatte. Die Bandprobe musste ein mittelprächtiges Fiasko werden.

Plötzlich klang sein Gitarrenspiel, als würde er sich ständig verspielen oder die Saiten wären verstimmt. Dann wurde ihm bewusst, dass sich ›Smooth Operator‹ von Sade in seine Akkorde mischte. Saras Klingelton.

Rasch griff er nach dem Smartphone.

»Hallo Herr ehrenamtlicher Privatdetektiv.« Sie meldete sich mit dieser erotischen Stimme. »Haben Sie heute schon etwas vor?«

»Ehrenamtlich recherchieren«, antwortete Olaf. »Schön, deine Stimme zu hören.« Er konnte nicht verhindern, sie sich nackt vorzustellen.

Sie lachte selbstsicher. »Hast du deinen Mörder?«

»Es sieht beinahe so aus. Jetzt muss ich die Beweise liefern, mit denen er überführt wird.«

»Wer ist es denn?«, fragte sie unverblümt.

»Wir haben Facebook-Profil, Name und Adresse von dem Mann.«

»Dann schick es an die Polizei, damit er eingesperrt wird, bevor er noch mehr Menschen umbringt.«

»Ohne Beweise bringt das nichts. Wir versuchen nun mit Data-Science-Methoden alle Spuren zu analysieren, die der Mann im Netz hinterlassen hat.«

»Data Science? Big Data, Data Analytics und solche Sachen?«

Olaf rief sich in Erinnerung, dass Sara Naturwissenschaftlerin war. Ihr schien der Begriff Data Science geläufig zu sein. »Genau das. Damit finden wir alles, was der Mann im Netz getan hat, alle Likes, alle Kommentare, die er geschrieben, alle Personen, auf deren Beiträge er reagiert hat, und natürlich jeden Nutzer, der auf seine reagiert hat.«

»Du weißt, wo der Mann wohnt«, sagte Sara, »wieso gehst du nicht einfach zu ihm und redest mit ihm?«

Olaf lachte. »Ich werde ganz bestimmt nicht an der Haustür eines Mörders klingeln, der einem Mann kaltblütig in den Kopf geschossen hat.«

»*Ich* kann mit ihm reden«, sagte Sara bestimmt.

Olaf grinste. »Ich weiß, du bringst jeden Mann dazu, dir seine Geheimnisse anzuvertrauen. Zumindest jeden heterosexuellen Mann.«

»Ist er schwul?«, wurde er von Sara unterbrochen.

»Aus dem, wie er sich auf Facebook gibt, würde ich das ausschließen.«

»Dann krieg ich ihn zum Reden«, sagte sie bestimmt.

»Ich werde dir unter keinen Umständen die Identität des Mannes preisgeben. Das bringt dich auf dumme Gedanken. Der Mann ist gefährlich.«

»Was wäre das Leben ohne ein bisschen Gefahr?«, sagte Sara.

»Behaglich und angenehm«, erwiderte Olaf.

Sie stieß ihr sinnliches Lachen aus. »Ich weiß genau, dass du es nicht nur behaglich magst«, hauchte sie ins Telefon.

Die Bilder, die sich in Olafs Kopf formten, hatten etwas zutiefst Unmoralisches. Noch immer war es ihm ein Rätsel, warum diese attraktive, junge Frau sich für ihn interessierte. Oder war es für sie nur ein Spiel?

»Wir sollten das in aller Ruhe besprechen«, sagte er schließlich.

Sara stieß ein triumphierendes Lachen aus.

28

Olaf hatte zwar zu wenig Schlaf bekommen, nach dem Gespräch mit Sara waren seine Lebensgeister aber hellwach. Besser gelaunt als vorher ging er in die Küche. Bevor er den Kaffee aufsetzte, schaltete er wie gewöhnlich das Radio ein.

Der Wetterbericht war gerade zu Ende, und der Moderator kämpfte sich durch eine lange Liste von Verkehrsnachrichten. Die Meldungen erreichten Olafs Ohren, drangen aber nicht bis in sein Bewusstsein. Seine Gedanken drehten sich um die Bandprobe am Abend. Sie konnten bis Oktober unmöglich eingespielt sein. Der Gig musste verschoben werden. Er würde heute Abend dafür sorgen.

Plötzlich erfasste er, was im Radio gesprochen wurde.

»… drängte die Polizei etwa dreißig Personen ab, die ein Reisebüro in Frankfurt-Bockenheim blockierten …«

Er stellte den Ton lauter.

»Der Inhaber des Reisebüros wurde vor knapp zwei Wochen erschossen aufgefunden. Die Polizei geht von einem Auftragsmord der Organisierten Kriminalität aus. Die Demonstranten folgten dem Aufruf des Landesvorsitzenden der Partei Deutsche für Deutschland, Bernd Schneider. In einer Twitter-Nachricht beschuldigte Schneider die Behörden, sie würden Hinweise aus der Bevölkerung vertuschen, wonach der Ermordete der Kopf einer Bande von Menschenschmugglern gewesen sei, die Kinder entführen und zur Prostitution zwingen.«

Olaf wollte nicht glauben, was er hörte: dieselben verrückten Anschuldigungen wie in dieser ausgetickten Facebook-Gruppe!

»Die Demonstranten hielten nach eigenem Bekunden eine Mahnwache für die missbrauchten Kinder ab. Sie warfen dem Ermordeten vor, Kinder als Sexsklaven gefangen gehalten zu haben …«

Olaf hatte keinen Appetit mehr. Wie mochte Sabine Yousef sich jetzt fühlen? Ihr Mann, den man gerade ermordet hatte, wurde in der Öffentlichkeit der schlimmsten Verbrechen bezichtigt.

»Die Demonstranten platzierten Grablichter und Stofftiere vor die Eingangstür des Reisebüros …«

Er hatte genug gehört. Man musste diesen geistigen Brandstiftern den Wind aus den Segeln nehmen. Die Hintergründe des Mordes sollten so schnell wie möglich veröffentlicht werden. Er kannte den Mörder, wusste wie er hieß und wo er wohnte. Es war höchste Zeit, ihn der Polizei zu liefern – nein, ihn Tobias zu liefern. Er musste sich sofort mit Gottfried besprechen.

Er nahm das Smartphone in die Hand, wählte Gottfrieds Nummer und ließ es klingeln, bis der Anrufbeantworter ansprang. Dann entschloss er sich, ihm zu schreiben. Als er den Messenger öffnete, sah er Gottfrieds Nachricht: »Ich statte diesem Herrn Brunner einen Besuch ab.«

Entsetzt stieß er den Atem aus. Wieso dieser Alleingang? Gottfried musste wissen, wie gefährlich das war. Die Nachricht war zwei Stunden alt, mehr als Zeit genug für Gottfried, sich erneut gemeldet zu haben. Was war in diesen zwei Stunden passiert?

Erneut rief Olaf Gottfrieds Nummer an, aber wieder meldete sich bloß der Anrufbeantworter. Dann startete er die Tracking-App. Das Symbol, das Gottfrieds Aufenthaltsort anzeigen sollte, war nicht zu sehen. Er musste die Tracking-Funktion ausgeschaltet haben, vielleicht hatte er das Handy heruntergefahren oder die Batterie war leer.

Er musste sofort erfahren, wo Gottfried war!

Es dauerte einige Minuten, bis man ihn auf die Station durchgestellt hatte. Nein, sie wüssten nicht, wo Herr Radicke sei, sein Verschwinden sei aufgefallen, als man das Frühstück bringen wollte. Ob er so etwas schon öfter gemacht habe, wollte die Dame am Telefon noch wissen.

Dieser alte Tattergreis war auf eigene Faust zu ihrem Mörder gegangen!

Olaf schnappte sich den Autoschlüssel und rannte die Treppe hinunter.

29

»… gibt es den dringenden Verdacht, dass es in besagtem Reisebüro zu systematischem Kindesmissbrauch in nie dagewesenem Ausmaß kommt und dass auch nach der Ermordung des mutmaßlichen Haupttäters nach wie vor und zu dieser Stunde unentwegt Kinder brutal vergewaltigt werden.«

Das Radio war gleichzeitig mit dem Motor angesprungen. Olaf kannte die Stimme nur zu gut. Es war die der Fraktionsführerin der DfD, die die Kunst der zersetzenden Rhetorik meisterlich beherrschte.

»Wir als Deutsche für Deutschland stellen uns die Frage, wieso die Behörden den zahlreichen Hinweisen aus der Bevölkerung nicht nachgegangen sind, wonach in diesem Reisebüro Kinder gefangen gehalten und misshandelt werden. Uns liegen zudem Berichte vor, dass Bürger von der Polizei eingeschüchtert und mundtot gemacht wurden, als sie die Verbrechen zur Anzeige bringen wollten. Und deshalb verlangen wir die Einsetzung eines Untersuchungsausschusses, der aufarbeiten soll, wie es sein kann, dass eine Gruppe muslimischer Männer«, sie setzte eine gekonnte Pause, »offenbar unbehelligt deutsche Kinder verschleppen, versklaven und vergewaltigen kann, ohne dass Polizei und Behörden eingreifen.«

Olafs ohnehin hoher Puls beschleunigte sich. Die freundliche Stimme des Navis, das ihm nahelegte, nach dreihundert Metern links abzubiegen, tat ihm gut.

Mittlerweile war ein Moderator zu hören, der sachlich ausbreitete, dass die DfD völlig spekulative Gerüchte aus dem Internet aufgriff. Laut Polizei gäbe es im Umfeld des ermordeten Reisebürokaufmanns keinen Anhaltspunkt für einen eventuellen Missbrauch von Kindern.

Olaf schaltete das Radio aus. Die Welt war bekloppt geworden. Nein, die Partei Deutsche für Deutschland arbeitete mit großer Cleverness daran, die Gesellschaft auseinanderzunehmen.

Das war schlimm genug. Nun aber ging es um Gottfried. Sein Freund war bei dem Mörder von Yousef, und seit zwei Stunden hatte es kein Lebenszeichen mehr von ihm gegeben.

Als das Navi verkündete, er sei am Ziel angekommen, blieb Olaf einfach in zweiter Reihe stehen. In dieser Gegend einen Parkplatz zu ergattern, glich einem Lotteriespiel, auf das er sich jetzt nicht einlassen konnte. Er stürzte aus dem Auto zu dem Haus, in dem der Mörder wohnte. Schnell fand er die Klingel mit der Aufschrift »Brunner«. Kurz überlegte er, ob es überhaupt Sinn machte, zu klingeln. Er wusste nicht im Geringsten, was sich gerade in der Wohnung über ihm abspielte, ob überhaupt jemand dort war, ob er dort eine Leiche vorfinden würde.

Aber ihm blieb nichts anderes übrig. Er drückte auf den Knopf. Mehrmals. Es geschah nichts. Dann versuchte er eine andere Klingel, die über der von Brunner. Vielleicht gehörte sie zu der Wohnung auf derselben Etage. Der Nachbar könnte etwas gesehen oder gehört haben, was ihm weiterhelfen würde.

Olaf stürzte ins Treppenhaus, als die Tür mit einem Summen nachgab. Nach wenigen Sekunden stand er vor Brunners Wohnung im ersten Stock. Er neigte den Kopf zur Wohnungstür, hoffte ein Geräusch aus dem Inneren zu vernehmen, hörte aber bloß wie hinter ihm eine Tür geöffnet wurde.

»*I need to mute myself. Just a minute, please*«, sagte der Mann, der Brunner gegenüber wohnte. Nach diesen, an unsichtbare Zuhörer gerichteten Worten nahm er ein Headset vom Ohr und drückte auf einen Knopf.

»Sorry, ich bin gerade in einer Webkonferenz«, sagte er. »Was gibt es denn so Dringendes?«

»Mein Freund braucht seine Medikamente«, log Olaf. »Er wollte sich mit Ihrem Nachbarn treffen, hat aber vergessen, die Medizin mitzunehmen. Er muss unbedingt seine Tabletten einnehmen.«

Sein Gegenüber strich sich durch die blonden, gestylten Haare. Olaf tippte auf Business Analyst, Ende dreißig, im Home-Office. »Medikamente? Dann ist es bestimmt dringend. Ich habe Steffen mit einem spindeldürren, alten Mann das Haus verlassen sehen.«

»Spindeldürr? Das muss er sein. Wann war das?«

»Heute Morgen, sehr früh«, sagte der Mann, schien zur selben Zeit aber auf etwas aus dem Headset zu lauschen, das er wieder auf sein Ohr gesetzt hatte.

»Haben Sie erkannt, in welche Richtung die beiden gegangen sind?«

»Ich habe sie vom Fenster aus gesehen. Sie liefen nach rechts, also nicht in Richtung U-Bahn.«

»Nach rechts? Was ist da?«

»*Yes, I completely agree*«, sagte der Mann unvermittelt mit starrem Blick auf einen Punkt hinter Olaf gerichtet. »*I confirmed it in my email on Tuesday.*«

»Wo können die hingegangen sein?«, flüsterte Olaf eindringlich.

»Da ist nix Besonderes«, raunte der Mann. »Nur ein kleines Café.« Mit einer entschuldigenden Geste trat er zurück in seine Wohnung und schloss die Tür.

Gottfried war also mit dem Mörder zusammen aus dem Haus gegangen. Das hatte er gewiss nicht freiwillig getan.

Olaf stürzte auf die Straße. Sein Auto. Es stand verkehrswidrig in zweiter Reihe. Er musste es umparken. Nur wohin? Soweit er die Straße einsehen konnte, gab es nirgendwo eine Parklücke. Er hatte keine Zeit, sich jetzt darum zu kümmern. Stattdessen begann er in die Richtung zu laufen, die Brunners Nachbar ihm genannt hatte.

In weniger als einer Minute erreichte er das kleine Lokal im Stile eines französischen Bistros. Es war weitgehend leer. Nur an zwei Tischen saßen junge Frauen, die Caffè Latte tranken und quengelnde Kinder bändigten.

»Haben Sie hier einen krank aussehenden Mann gesehen?«, fragte Olaf den Mann hinter dem Tresen. »Spindeldürr, eingefallenes Gesicht, weißer Vollbart.«

Der Bedienung grinste. »Der hat an diesem Tisch gesessen.« Er deutete zu einem der leeren Tische. »Bestimmt mehr als eine Stunde lang. Und hat sich mit einem Typen unterhalten.«

»Kennen Sie den Anderen?«

»Nein. Sie kamen zusammen herein. Seltsames Pärchen: Der Eine sah aus wie Gevatter Tod, der Andere wie ein Schuhverkäufer.« Der Mann lachte über seinen eigenen Witz. »Der Tod hat bloß einen Cappuccino getrunken, der Schuhverkäufer ein Frühstück bestellt, es aber kaum angerührt.«

»Wann sind sie wieder gegangen? Und haben Sie eine Ahnung wohin?«

Der Mann musterte ihn einen Moment lang. »Wieso wollen Sie das wissen?«

»Gevatter Tod, wie Sie ihn nennen, muss unverzüglich seine Medikamente einnehmen. Sonst holt ihn der wirkliche Sensenmann.«

»Verstanden. Ich weiß aber nicht, wohin die beiden gegangen sind. Sorry, keine Ahnung. Sie sind vor etwa einer Stunde aufgebrochen, soviel kann ich wenigstens sagen.«

Olaf bedankte sich und trat auf die Straße. Er versuchte, sich einen Reim auf das zu machen, was er erfahren hatte. Gottfried war bei Brunner gewesen, danach mit ihm aus dem Haus gegangen, um in diesem Café einen Cappuccino zu trinken. Danach hatten beide das Bistro mit unbekanntem Ziel verlassen. So etwas pflegte Olaf zu tun, wenn er seine alte Tante Ilse im Seniorenheim besuchte. Gottfried hatte aber an der Tür von Yousefs Mörder geklingelt. Da ging man nicht zusammen in ein Bistro zum Kaffeeschlürfen. Die Geschichte klang völlig verrückt! Gewiss war nur, dass Gottfried nun überall sein konnte. Es gab nicht den geringsten Anhaltspunkt, wohin er mit Brunner gegangen war – oder wohin Brunner ihn gebracht hatte.

Erneut startete er die Tracking-App, doch sie zeigte Gottfrieds Aufenthaltsort nach wie vor nicht an. Sein Handy musste tot sein. Er hatte keine Ahnung, was er als Nächstes tun sollte. Wieso auch musste Gottfried auf eigene Faust zu Brunner gehen? Sie hatten den Mörder aufgespürt, zwar noch nicht enttarnt, aber auch das wäre ihnen gelungen, ohne Gottfrieds waghalsige Aktion.

Es war Zeit, das Detektivspielen zu beenden. Er musste die Polizei einschalten und nach Gottfried fahnden lassen. Hoffentlich war es nicht bereits zu spät.

30

Olaf wählte Tobias' Nummer. Hoffentlich würde nicht wie sonst der Anrufbeantworter drangehen.

»Hey Papa«, kam es nach dem zweiten Tuten zurück. »Dass du mich gerade jetzt anrufst!«

Tobias Stimme klang voller Elan, beinahe euphorisch.

»Und dass du während der Arbeit drangehst …«, erwiderte Olaf.

»Hier ist gerade der absolute Hammer passiert«, unterbrach ihn Tobias. »Unser Mordfall ist gelöst. Der Mörder hat sich gestellt. Gerade bin ich mit der ersten Vernehmung durch.«

Olaf spürte, wie sich zaghaft Glückshormone einen Weg in seinen Kreislauf bahnten. Brunner hatte sich gestellt.

»Und das Beste ist, der Mann ist direkt zu mir gekommen, hat darauf bestanden, nur mit mir zu sprechen.«

Gottfrieds Werk. Er hatte Brunner nicht nur beschwatzt, sich der Polizei zu stellen, sondern sich ausdrücklich an Tobias zu wenden.

»Ganz bestimmt, weil er in diesem Zeitungsartikel meinen Namen gelesen hat.«

Olaf wusste nichts von einem solchen Artikel. Es war ihm aber auch egal. »Herzlichen Glückwunsch zu deinem ersten eigenhändig gefangenen Mörder.«

»Danke Papa.« Tobias senkte die Stimme. »Bei dem Mann tut es mir fast leid. Er hat den Mord in dem festen Glauben begangen, er würde einen Pädophilen töten und auch noch gefangengehaltene Kinder befreien. Offenbar ist er auf Fake-News in einer rechtsextremen Facebook-Gruppe hereingefallen. Da wird verbreitet, das Opfer wäre der Kopf einer Bande von Kinderschändern und in seinem Reisebüro der Eingang zu einem Verlies mit gefangenen Kindern.«

»Diesen Quatsch verbreitet auch die DfD. Ich habe es gerade im Radio gehört. Habt ihr ein Verlies gefunden?«

»Natürlich nicht. Die Spusi hat den Tatort auseinandergenommen, jedes Härchen eingepackt und keine Tür zu irgendeinem Verlies … – Ja! Im Küchenschrank oben rechts!« Tobias veränderte unvermittelt den Tonfall. »Hinter dem Müsli.«

Bislang hatte Olaf nicht erlebt, dass sein Sohn so bereitwillig Details zu seinen Mordfällen preisgegeben hätte. Damit schien nun allerdings Schluss zu sein. Offenkundig war einer seiner Kollegen in Hörweite aufgetaucht.

»Hinter dem Müsli stehen deine pappsüßen Crunchies, von denen du eine böse Karies bekommst«, sagte Olaf. »Nochmal herzlichen Glückwunsch. Koste den Erfolg aus.« Er legte auf.

Gottfried, dieser draufgängerische Tattergreis, hatte Brunner dazu gebracht, sich zu stellen. Der Fall war gelöst und Tobias der King im Polizeipräsidium. Nun blieb bloß noch zu klären, warum Gottfried nicht erreichbar war. Wieder wählte Olaf seine Nummer, wieder ging sofort der Anrufbeantworter an. Dann rief er das Krankenhaus an und ließ sich auf Gottfrieds Station durchstellen.

Herr Radicke sei zurück in seinem Zimmer, erfuhr er von einer asiatisch klingenden Dame, und er schlafe. Ob sie Herrn Radicke etwas ausrichten solle, wollte sie noch wissen.

»Nicht nötig«, entgegnete Olaf. »Ich werde ihn eigenhändig wachkitzeln.«

Als er sich dem Häuserblock mit Brunners Wohnung näherte, sah Olaf den Abschleppwagen um eine Ecke biegen. Das Auto auf der Ladefläche war eindeutig als das seine zu erkennen. Hatte ihn ein Anwohner denunziert, oder war gerade eine Politesse vorbeigekommen? Fest stand, dass sein Auto weg war. Vermutlich würde man es ans andere Ende der Stadt bringen, gewiss in ein Gewerbegebiet, in das weder Bahn noch Bus fuhr.

Er beschloss, sich nicht aufzuregen. Den Wagen würde er später holen. Zuerst wollte er mit Gottfried reden, und zum Krankenhaus konnte er bequem zu Fuß gehen.

Er wusste, in welcher Station Gottfried lag, aber nicht die Zimmernummer. Die erste Krankenschwester, die er antraf, wollte sie ihm nicht nennen, weil Herr Radicke schlafe und er auf keinen Fall geweckt werden dürfe. Im Schwesternzimmer hatte er mehr Glück, und kurz darauf stand er vor Gottfrieds Bett.

Er lag auf der Seite und daddelte auf seinem Handy.

»Hallo Olaf.« Es klang fast beiläufig. »Ich wollte dir gerade eine Nachricht schicken.«

»Wieso hast du das nicht schon längst getan?«, erwiderte Olaf. »Ich dachte, du liegst irgendwo tot im Graben.«

»Es ist viel geschehen heute Morgen.« Gottfried gähnte. »Was willst du als Erstes hören?«

»Ich weiß jetzt, dass du Brunner dazu gebracht hast, sich zu stellen, du Wunderknabe. Du hattest zwar Erfolg, aber deine Aktion war irrsinnig riskant. Wieso hast du das auf eigene Faust getan? Und vor allem, wieso hast du dein Handy ausgeschaltet?«

Gottfried schlug die Bettdecke zurück und stand schwerfällig auf.

»Du trägst ja Hose und T-Shirt«, stellte Olaf fest.

»Ich war so groggy, als ich zurückkam. Ich wollte nur noch schlafen.« Gottfried streifte Filzpantoffeln über die Füße. »Steffen hatte Angst, ich wollte ihn hereinlegen. Heimlich mitschneiden, was er sagen würde.«

»Duzt du dich etwa mit Brunner?«

Gottfried nickte. »Wir hatten ein langes, tiefgründiges Gespräch. Als vertrauensbildende Maßnahme musste ich mein Handy runterfahren.«

Gottfried schlurfte in Richtung Badezimmer.

»Du hättest es halt irgendwann wieder hochfahren sollen. Ich habe beinahe einen Herzstecker gekriegt, als ich dich nirgends finden konnte.«

»Habe ich vergessen. Und bei der Rückfahrt vom Präsidium bin ich im Taxi eingeschlafen«, kam es aus dem Bad zurück. »Ich habe das Handy gerade in dem Augenblick angemacht, als du ins Zimmer gekommen bist.« Nun waren laute Strullergeräusche zu hören. »Danke übrigens für deine Sorge um mich: neun Nachrichten und siebzehn Anrufe von dir.«

»Blödmann, wieso hast du dich nicht mit mir abgesprochen? Wäre Brunner ein echter Killer, wärst du als Fischfutter im Main gelandet.«

»Mir wurde heute Nacht klar, dass Steffen bloß ein Getriebener ist.« Gottfried betätigte die Spülung. »Dass er der Propaganda in der Facebook-Gruppe geglaubt hat und meinte, handeln zu müssen. Das kann man aus dem herauslesen, was er auf Facebook postet.«

Olaf erschrak, als Gottfried nur mit Unterhose und Pantoffeln bekleidet aus dem Bad kam. Man sah jede einzelne Rippe, und die Beine wirkten wie Strohalme, die jederzeit knicken könnten.

»Und dann bin ich direkt zu Brunner gefahren, statt schlaflos im Bett herumzuliegen.«

Gottfried hatte den Tisch erreicht und nahm die Pyjamahose von einem der Stühle. Olaf hätte ihm nicht zugetraut, dass er so lange auf nur einem Bein stehen konnte, als er sie anzog. Der Anblick erinnerte ihn an einen Storch.

»Aus Facebook wusste ich, dass er in der Bürostadt Niederrad arbeitet. Es war die richtige Uhrzeit, um Büroleute zu Hause anzutreffen: bereits wach und noch nicht unterwegs zur Arbeit.«

»Er hätte auf Dienstreise oder im Urlaub sein können«, gab Olaf zurück.

»Dem war nicht so.«

»Und dann hast du ihn so lange beschwatzt, bis er einverstanden war, sich zu stellen?«

Gottfried schmunzelte. »Ich musste nicht viel sagen. Steffen war froh, sich die Sache endlich von der Seele reden zu können. Er brauchte einen Beichtvater. Schließlich habe ich ihn dazu gebracht, Tobias anzurufen. Er sei der Polizist, der seiner Sache gerecht würde. Und dann bin ich mit ihm zum Polizeipräsidium gefahren. Ich wollte sichergehen, dass er nicht doch noch einen Rückzieher macht.«

»Danke, dass du Tobias ins Spiel gebracht hast. Jetzt hat er endlich seinen Erfolg.«

Gottfried setzte sich aufs Bett. »Das ist ja der Sinn und Zweck unserer Ermittlungen.«

»Und die sind nun abgeschlossen. Wir sollten das feiern.«

»Überhaupt nichts ist abgeschlossen«, sagte Gottfried bestimmt. »Steffen ist ein Opfer. Wir müssen den Urheber dieser Postings herausfinden. Bevor er weitere Leute zum Morden anstiftet.«

31

Als Olaf aus dem Krankenhaus ins Freie trat, rief er die Polizei an. Sein Auto sei von der Firma Schroeder in Nied abgeschleppt worden, erfuhr er. Nein, sie können ihm nicht sagen, was das kosten würde.

In Google-Maps fand er rasch den Standort des Abschleppunternehmens. Wie befürchtet, lag es abseits aller Bahn- und Busverbindungen. Er müsste entweder ein sündhaft teures Taxi bezahlen oder sich von jemandem dorthin fahren lassen. Alle, die ihm in den Sinn kamen, waren allerdings auf der Arbeit. Es war zum Verrücktwerden.

Wie auch immer, er musste zuallererst nach Hause. Wie gewöhnlich trug er die Fahrzeugpapiere nicht bei sich. Die würde er aber gewiss vorzeigen müssen, wenn er das Auto in Nied abholte. Er setzte sich in Bewegung. Vielleicht könnte Günther ihn fahren.

Er war gerade zu Hause angekommen, als sein Handy ›Smooth Operator‹ spielte. Seine Stimmung hellte sich auf.

»Ich höre, die Polizei ist dir zuvorgekommen«, sagte Sara. »Diesen Fall hast du nicht aufgeklärt.«

Olaf setzte sich auf die Couch und streckte die Beine auf dem Tisch aus. »Die Polizei kann ja schlecht veröffentlichen, ein gewisser Olaf aus Bornheim hätte den Mörder überführt.«

»Also hattest du deine Finger im Spiel?«

»Natürlich.« Ihn überkam Stolz. Ihm war es tatsächlich gemeinsam mit Gottfried gelungen, den Mörder ausfindig zu machen. Die Polizei hätte ihn vermutlich in hundert Jahren nicht gefunden. »Schließlich bin ich der Virus Cop.«

»Virus Cop!« Sara lachte. »So ein drolliger Name für einen Kerl wie dich.«

»Man benötigt halt einen Kampfnamen«, gab Olaf zurück.

»Und da dachtest du, wegen deinem Handyvirus wäre das ein toller Name«, sagte Sara noch immer lachend.

»Ich finde ihn treffend. Da brauchst du dich nicht kaputt zu lachen.«

»Du hast recht.« Sie bemühte sich offenkundig, ernst zu klingen. »Wie hast du den Fall gelöst?«

»Das erzähle ich dir gerne.« Ihm kam eine Idee. »Allerdings musst du mir dafür einen kleinen Gefallen tun.«

»Eine Gegenleistung? Ich schätze, du willst wieder in mein Bett.«

Dass sie das so unverblümt aussprach, irritierte ihn zum einen. Zum andern machte es ihn an, ohne dass er sich dagegen wehren konnte. Für den Moment allerdings lag sie falsch.

»Mein Auto wurde abgeschleppt. Ich brauche jemanden, der mich nach Nied fährt.«

Er traf wenige Minuten vor der vereinbarten Zeit in der Weinbar ein, die Sara als Treffpunkt vorgeschlagen hatte. Sara war noch nicht da. Mit einem Orangensaft vor sich saß er an einem der Tische unter den Sonnenschirmen und betrachtete die Leute auf der Freßgass. Sogar eine halbe Stunde später war Sara noch nicht aufgetaucht. Seine WhatsApp-Nachrichten an sie blieben unbeantwortet. Als das Glas geleert war, fragte der Kellner nach einer weiteren Bestellung. Olaf entschied sich für eine kleine Cola.

Eine weitere Viertelstunde verging, bis Sara endlich erschien. Es war ein Aufsehen erregender Auftritt mit bewundernden Rufen des Personals und schmatzenden Bussis. Die Blicke aller Männer an den Tischen waren auf Sara gerichtet. Olaf glaubte, ein Raunen zu vernehmen, als sie sich zu ihm an den Tisch setzte.

»Ich dachte, du kommst nicht mehr«, sagte Olaf.

»Entschuldige. Ich wurde aufgehalten.«

Der Geschäftsführer stand neben ihnen, ein Mann um die fünfzig mit markantem Gesicht und sehr schickem Anzug. »Dasselbe wie immer?«, sprach er Sara an.

»Dasselbe wie üblich.«

»Und dein Begleiter?« Der Mann schmunzelte süffisant. Sara grinste zurück.

»Ich bin des Deutschen mächtig«, sagte Olaf. »Meine Cola ist noch halbvoll. Ich brauch nichts.«

»Ich habe schrecklichen Hunger«, meinte Sara. »Willst du nicht auch eine Kleinigkeit zu essen bestellen?«

»Sara wählt gewöhnlich einen Krabbensalat«, sagte der Geschäftsführer, »mit einem halbtrockenen Riesling aus dem Hallgarten.«

Olaf zuckte mit den Achseln. »Das krieg ich runter.«

Der Geschäftsführer zwinkerte Sara zu und verließ den Tisch.

»Hast du was mit dem am Laufen?«, fragte Olaf.

»Nicht mehr.« Saras Schmunzeln ließ erahnen, dass sie eigentlich »Nur noch gelegentlich« meinte. »Aber er ist sicher, dass ich etwas mit *dir* am Laufen habe.«

Olaf blickte zum Tresen herüber, wo der Geschäftsführer mit den Bedienungen sprach. Unter dem Jackett war deutlich ein kleines Bäuchlein auszumachen. Das Gesicht verriet viel Charakter und eine Vorliebe für exklusive Herrenpflege, wies aber auch typische, von fünfzig Jahren Schwerkraft herrührende Veränderungen auf. Wenn das Saras Beuteschema entsprach, durfte Olaf guter Hoffnung sein.

»Jetzt erzähl schon!« Sara blickte ihn erwartungsvoll an. »Wie hast du den Fall gelöst?«

Schon bei ihrer ersten Zwischenfrage wurde Olaf klar, dass er ihr weit mehr erzählen würde, als er eigentlich beabsichtigte. Seinen eigenen Anteil an den Ermittlungen stellte er als den wirklich wichtigen heraus. Ein Freund namens Gottfried kam in seinen Ausführungen nur am Rande vor. Als das Essen serviert wurde, kannte Sara bereits detaillierte

Fakten zu dem Fall. Sie bestellte einen weiteren Wein, während die Bedienung die Teller abräumte. Olaf ließ sich ebenfalls einen bringen, obwohl er das nicht wirklich vorhatte. Zusammen mit der Rechnung brachte der Kellner für jeden ein Glas Grappa aufs Haus. Sara trank ihren in zwei Schlucken aus. Olaf ließ sich dafür einige Minuten Zeit. Er wusste, dass er nun eigentlich fahruntüchtig war. Sara war es ebenfalls, dabei sollte sie ihn zu seinem Wagen fahren.

Auf dem Weg zum Parkhaus Börse hakte sie sich bei ihm ein und legte einige Male den Kopf an seine Schulter. Als sie in ihr schneeweißes Cabrio einstiegen, fragte Olaf, ob sie tatsächlich vorhatte zu fahren.

»Wieso denn nicht?« Sie griff sich eine Rolle Pfefferminzbonbons von der Mittelkonsole. »Du solltest auch einen nehmen.«

Natürlich gerieten sie in den Berufsverkehr. Es war bereits kurz nach sechs, als sie von der A648 abfuhren. Bis zu dem Abschleppdienst benötigten sie weitere zwanzig Minuten.

»Ich habe eine Verabredung. Ich muss schnell weiter.« Sara gab ihm Bussis auf beide Wangen.

Kurz darauf stand Olaf in der Einfahrt des Abschleppdiensts Schroeder. Im Fenster des Kabäuschens mit der Firmenaufschrift war zu lesen, dass der Laden um achtzehn Uhr Feierabend machte. Olaf testete, ob die Tür sich öffnen ließe. Sie gab auch nicht nach, als er mehrmals an ihr rüttelte. Er presste das Gesicht an die Scheiben des Fensters. Es war niemand zu sehen.

Sein Auto stand auf der anderen Seite des Zauns. Es war zum Verrücktwerden!

32

Olaf rief Uwe vom Taxi aus an. »Ich bin noch unterwegs und komme auf den letzten Drücker.«

»Hey Olaf, kein Problem. Hauptsache du kommst.« Uwe klang noch überschwänglicher als sonst.

»Hat jemand eine Gitarre für mich? Es würde lange dauern, meine von zu Hause zu holen.«

Die Oeserstraße war kurz vor dem Verkehrsinfarkt. Auf der Autobahn sah es gewiss nicht besser aus.

»Hubert!« Olaf hörte Uwe einige Male rufen. Danach antwortete jemand etwas Unverständliches, und es erklang ein mehrstimmiges Gelächter.

»Alles roger! Hubert hat eine Klampfe für dich. Jetzt mach aber hin. Alle warten auf dich.«

Olaf wurde klar, dass er mit der S-Bahn um einiges schneller ans Ziel kommen würde. Er wies den Fahrer an, umzudrehen und ihn stattdessen zum Bahnhof Nied zu fahren. Der wendete genervt den Wagen inmitten eines Pulks aus drängelnden Autos. Die Stimmung im Taxi hellte sich erst auf, als Olaf beim Aussteigen ein großzügiges Trinkgeld gab.

Die S-Bahnstation war nur wenige Meter entfernt. Olaf musste sich beeilen. Der Rock ‘n’ Roll brauchte ihn!

Die Fahrt mit S-Bahn und Straßenbahn dauerte eine knappe Stunde. Dann jagte ihn Google Maps durch eine Reihenhaussiedlung. Die Anweisungen des Navis erwiesen sich als völlig widersprüchlich. Offenbar hatte auch Google keine Ahnung, wo genau Hubert wohnte.

Olaf schwitzte, als er endlich vor dem richtigen Haus stand. Er war mehr als eine Stunde zu spät. Aus dem Kellerschacht neben der Haustür tönte Gelächter und das Rumpeln eines Schlagzeugs.

»Hey Olaf«, begrüßte ihn der Mann in der Tür, der nur entfernte Ähnlichkeit mit dem Hubert hatte, den Olaf zuletzt vor vielen Jahren gesehen hatte.

»Hey Vater von Hubert! Du hast dich ja gar nicht verändert.« Olaf erntete einen Handschlag und Schulterklopfen. Der Mann mit dem schütteren Haar geleitete ihn die Treppe hinunter in den Keller, wo Uwe und ein anderer Typ, der Rüdiger sein musste, ihn lautstark empfingen. Sogleich hatte er eine Flasche Bier in der Hand und sie prosteten sich zu.

»Warst du nicht im Deutsch-Leistungskurs?«, fragte Olaf Rüdiger, ein Mann mit prallem Bauch und grauem Vollbart.

»Genau. Bei Frau Klein.«

»Dann erinnerst du dich bestimmt an Herbert Geyer.«

»Herbie. An den habe ich schon seit vierzig Jahren nicht mehr gedacht«, lachte Rüdiger. »Was aus dem wohl geworden ist?«

»Ich habe ihn vor ein paar Jahren getroffen«, schaltete sich Hubert ein. »Er hat sich als Chiropraktiker selbstständig gemacht.«

»Den Mann brauch ich für meinen Rücken.« Uwe dehnte seinen Oberkörper in gespieltem Schmerz.

Olaf machte es sich auf einem Klappstuhl bequem. Er fühlte sich wie auf einem Klassentreffen.

Eine Weile lang brachten sie sich witzige Marotten ihrer Lehrer in Erinnerung, erkundigten sich nach Mitschülern, erzählten Geschichten von früher.

Olaf hatte das zweite Bier in der Hand, als Uwe unvermittelt sagte: »Leute, wir sind hier wegen der *Reunion* unserer Band. Heute ist die erste Probe. Machen wir uns an die Arbeit!«

Rüdiger, der gerade von seinem Studentenjob in einer Kneipe erzählte, stoppte mitten im Satz. Mit gespieltem Eifer sprang er auf den Hocker hinter dem Schlagzeug. Olaf musste lachen.

»Hopp, hopp, hopp!« Uwe klatschte in die Hände. »Schnappt euch eure Instrumente.«

»Was spielen wir überhaupt?«, fragte Hubert. Er hatte seine Bassgitarre bereits umgehängt.

»Uwe, du hast mir eine Gitarre versprochen«, sagte Olaf.

»Ja. Hier.« Er reichte Olaf ein Instrument.

Es war eine Akustikgitarre. Auch erkannte Olaf sofort, dass sie ihre besten Tage bereits lange hinter sich hatte. Er fasste das Instrument an wie ein zerbrechliches Spielzeug.

»Eine original ›Ponal-Gitarre‹«, sagte er ironisch, »mit mindestens zehn Klebestellen. So etwas findet man heute äußerst selten.«

»Ponal ist der coolste Holzleim, den's gibt«, meinte Uwe. »Das nächste Mal bringst du dein Instrument eben mit.«

Alle brachen in Gelächter aus, als Olaf einen Akkord anschlug, der Gitarre aber bloß ein grässliches Scheppern entlockte.

»Die muss ich erst mal stimmen. Hat jemand ein E für mich?«

»Dafür gibt es YouTube-Videos«, sagte Hubert. »Einfach nach ›Gitarre stimmen‹ suchen.«

Olaf fand schnell ein Video, in dem man sich anhören konnte, wie Gitarrensaiten zu klingen hatten, und machte sich an die Arbeit.

»Also, was wollen wir überhaupt spielen?«, wiederholte Hubert seine Frage von vorher.

»Das Geilste von Deep Purple bis AC/DC«, sagte Uwe schwungvoll.

»Das ist aber eine gewaltige Bandbreite«, entgegnete Hubert. »Etliche Jahrzehnte Rockgeschichte.«

»Ich meine natürlich Deep Purple in der Besetzung mit Ian Gillan und Roger Glover«, stellte Uwe klar, »und die frühen AC/DC mit Bon Scott als Sänger.«

Hubert nickte mit Kennermiene. Er stimmte einige Töne auf seinem Bass an und stürzte zum Verstärker, als es eine kreischende Rückkopplung gab.

»Ich dachte, wir würden was von ZZ Top spielen«, sagte Rüdiger.

»Lasst es uns erst mal mit dem Intro von ›Smoke On The Water‹ versuchen«, meinte Olaf grinsend, »bevor wir uns an weitere Perlen der Rockgeschichte wagen.« Er kämpfte noch immer mit seiner ›Ponal-Gitarre‹. Zwei der Stimmwirbel tendierten dazu, sich wieder zu verstellen, sobald er die Saiten anschlug. »Oder mit DJ Bobo.«

»Okay«, rief Uwe gegen das allgemeine Gelächter an. »Wir beginnen mit ›Smoke On The Water‹.«

»Ich kann aber für nichts garantieren«, sagte Olaf.

»Ich auch nicht«, schlossen sich Hubert und Rüdiger an.

›Smoke On The Water‹ klang fürchterlich. Olafs Gitarre produzierte nicht bloß scheppernde Töne, sie war überdies viel zu gering verstärkt und gegenüber dem Bass und dem Schlagzeug kaum zu hören.

»Ohne Keyboard ist das sowieso Scheiße«, meinte Hubert.

»Okay, okay«, rief Uwe. »Wir wollen uns keinen Leistungsdruck machen.« Er schaltete sein Mikrofon aus. »Vielleicht sollten wir den Auftritt im ›Irish Pub‹ erst einmal verschieben«, fügte er hinzu.

Es kam kein Protest von den anderen.

»Noch ein Bier?«, fragte Hubert in die Runde, als Olafs Handy den Klingelton für unbekannte Anrufer spielte.

»*This is Ashwini.*« Olaf sah ihren wackelnden Kopf vor sich. »*I have important news for you*«, setzte sie in ihrem melodiösen Stakkato hinterher.

Olaf verließ den Raum und stellte sich an die Treppe, um ungestört telefonieren zu können.

»Ich werde Ihnen gleich ein Info-Package zu Steffen Brunner schicken. Auch ohne Deutschkenntnisse ist offensichtlich, dass er Anhänger von Verschwörungstheorien ist.«

»Welche sind das?«

»›Invasion von Moslems nach Deutschland‹ und solche Dinge.« Ashwini lachte glucksend. »Sie finden alles in meinem Package. Ich habe aber etwas viel Schlimmeres entdeckt. In einer dieser geheimen Facebook-Gruppen, die Sie mir geschickt haben, gibt es ein Posting, das quasi zum Mord aufruft. Dort wird ein Mann mit einem gefakten Foto und vollständiger Adresse als Kinderschänder an den virtuellen Pranger gestellt. Das Originalfoto stammt von einem schwedischen Nachrichtenportal, wo über einen verurteilten Kinderschänder berichtet wird. Das Gesicht wurde durch das eines anderen Mannes ausgetauscht.«

Der Artikel, der zu Yousefs Ermordung geführt hatte. Den kannte Olaf natürlich. Die Hintergründe zu dem gefälschten Foto waren ihm neu. »Also genau dasselbe Prinzip wie bei den Fotos dieser Nina Badkowski«, sagte er.

»Korrekt. Und es wird die komplette Adresse des Mannes angezeigt. Ich habe den Beitrag mit Google Translator übersetzt. Er ist eindeutig ein indirekter Aufruf zum Mord an diesem Mann. Wir müssen die deutsche Polizei verständigen.«

Offensichtlich wusste Ashwini nicht, dass es dafür bereits zu spät war. »Ich mache das sofort«, sagte Olaf. Er musste sie aus der Sache heraushalten. Wenn sie auf eigene Faust in dem Fall mitmischen würde, könnte das Chaos losbrechen.

»Das ist aber noch nicht alles«, sagte Ashwini. »In der Facebook-Gruppe habe ich einen Link zu einer weiteren geheimen Gruppe gefunden, in der ich nun mit einem Fake-Account Mitglied bin.«

Ihr englisches Stakkato brach für einen Moment ab. Olaf hörte sie tief Luft holen.

»In dieser Gruppe gibt es ein ganz ähnliches Posting, wieder ein indirekter Mordaufruf, diesmal gegen eine andere Person. Wieder ist es ein Fake-Foto, das beweisen soll, dass der Mann pädophil sei. Das Original stammt aber von dem

Blog eines russischen Menschenrechtlers. Google Translator konnte nicht alles übersetzen, aber Name und Adresse sind angegeben, und ich bin sicher, dass der Mann genauso in Lebensgefahr ist, wie der von der anderen Facebook-Gruppe.«

»Unfassbar!«, stieß Olaf aus. Gottfried hatte recht mit seiner Einschätzung: Derjenige, der die Hetze gegen Yousef in die Welt gesetzt hatte, hetzte nun gegen eine weitere Person. »Schicken Sie mir alles, was Sie dazu haben. Ich werde die Polizei informieren.«

Olaf war nicht bei der Sache, als er zu den anderen zurückkehrte. Sie bemühten sich, irgendwie ›Smoke On The Water‹ bis zum Ende zu spielen. Danach erklärte Uwe die Bandprobe für beendet. Olaf lehnte ein weiteres Bier ab und machte sich auf den Heimweg.

Die Mail verfasste er in der Straßenbahn. Er würde sie über einen anonymen Server verschicken, um Tobias keine Chance zu geben, den Absender herauszubekommen.

Was mochte er wohl denken, wenn er eine solche Nachricht bekam? Ob er nun wüsste, dass jemand im Hintergrund in seinen Mordfällen ermittelte? Olaf würde die Mail dennoch abschicken. Ashwini hatte ihm das Posting aus der geheimen Facebook-Gruppe als PDF-Datei zugeschickt. Er hängte sie an seine Nachricht an Tobias an, zusätzlich den Link zu der Gruppe.

Mehr konnte er im Augenblick nicht tun.

33

Am nächsten Morgen fuhr ihn Günther zum Abschleppdienst nach Nied. Kurz darauf saß Olaf in seinem eigenen Auto. Er hatte eine gepfefferte Rechnung für Abschleppen und zwei Tage Stellgebühren zu bezahlen. Es war eine Herausforderung, sich nicht aufzuregen.

Viel schlimmer war allerdings, was er im Radio zu hören bekam.

»... forderten etwa fünfzig Demonstranten unabhängige Untersuchungen zu den Fällen von Kindesmissbrauch in einem Frankfurter Reisebüro ...«

Er drehte den Ton lauter.

»Mitarbeiter des Reisebüros wurden von Demonstranten daran gehindert, vor dem Schaufenster niedergelegte Plüschtiere sowie Grablichte zu entfernen. Die Fraktionsvorsitzende der DfD im Bundestag kritisiert, es werde von behördlicher Seite verschwiegen, dass es sich bei dem Festgenommenen vermutlich um den Vater zweier Töchter handele, die von den mutmaßlichen Kinderschändern zu Tode gequält worden seien. So sehr sie Selbstjustiz nicht gutheißen könne, so sehr frage sie sich, wieso noch immer nicht im Falle des organisierten Kindesmissbrauchs in dem Frankfurter Reisebüro ermittelt werde, so die DfD-Fraktionsvorsitzende weiter ...«

Olaf entdeckte eine komfortabel große Lücke in einer Reihe parkender Autos und fuhr rechts ran. Es dauerte einen Moment, bis er auf dem Handy Sabine Yousefs Telefonnummer fand. Wie mochte der Frau zumute sein? Er lauschte auf das Tuten aus der Freisprechanlage, ließ es klingeln, bis der Anrufbeantworter anging, und versuchte es gleich nochmal. Dann schrieb er eine SMS, in der er ihr vorschlug, möglichst bald zu telefonieren.

Anschließend fuhr er mit einem merkwürdigen Gefühl weiter. Er drückte genervt die Nachrichten weg. Was er nun brauchte, war laute Musik.

Er fuhr gerade auf die A66 auf, als das Telefon die Melodie für unbekannte Anrufer spielte.

»Hier ist Sabine Yousef«, klang es aus der Freisprechanlage.

»Danke für den Rückruf. Sie sind schwer zu erreichen.«

»Was glauben Sie, was für Anrufe ich derzeit bekomme!«, sagte die Frau gepresst. »›Kinderschändende Hexe‹ ist noch das Freundlichste, was ich von den Leuten zu hören kriege. Ich gehe seit gestern nicht mehr ans Telefon.«

»In den Nachrichten habe ich von sogenannten Mahnwachen gehört …«

»Diese Leute legen uns Teddybären und weiß Gott was vor die Tür. Für die Kinder, die mein Mann ihrer Meinung nach gefangen gehalten und vergewaltigt hat.«

»Kann ich irgendetwas für Sie tun?«, fragte Olaf.

Sie lachte. Beinahe hysterisch. »Diese Leute sind völlig gaga. Da kann niemand was tun. Die glauben die Lügen. Heute Morgen haben sie einen Kunden mit ›Kinderschänder‹ angebrüllt, als er den Laden verließ. Er hatte eine Reise gebucht, aber die Leute waren überzeugt, er hätte sich eines der Kinder gekauft, die angeblich bei uns im Kerker schmachten. Özlem hat daraufhin den Laden geschlossen und ist nach Hause gefahren.«

Olaf wusste nicht, was er auf so etwas antworten sollte. Eine dumpfe Wut wollte sich in ihm breitmachen, aber er kämpfte dagegen an.

»Wann werden Sie endlich diesen Artikel veröffentlichen?«, sagte sie heftig. »Damit das aufhört!«

Olaf hatte sich ihr gegenüber als Journalist ausgegeben, würde den versprochenen Artikel, der die Anschuldigungen gegen ihren Mann widerlegen sollte, aber niemals schreiben. Er fühlte sich mies.

Allerdings hatte er den Mordfall aufgeklärt.

»Sie wissen, dass sich der Mörder Ihres Mannes der Polizei gestellt hat?«

Yousef schnaubte. »Ich weiß es aus dem Radio! Ich hätte erwartet, es von der Polizei zu erfahren. Und diese Hetzer von der DfD sagen, es sei Selbstjustiz und Kasim der Kopf eines groß angelegten Pädophilenrings gewesen.« Diesmal klang ihr Lachen irre.

»Ich kann Ihnen sagen, weshalb Ihr Mann erschossen wurde«, sagte Olaf behutsam, »und auch, warum Sie diesen Mob vor der Tür haben.«

Er erzählte ihr von dem Post in der Facebook-Gruppe, von dem manipulierten Foto, das Kasim Yousef wie einen Kinderschänder aussehen ließ, den Lügen über ihn, die Kommentare dazu, wie es ihnen gelungen war, Brunner aufzustöbern, und dass der sich selbst der Polizei gestellt hatte.

Als er fertig war, hörte er sie die Nase hochziehen. Er wusste, sie weinte.

»Diese Arschlöcher von der DfD haben meinen Mann umgebracht«, sagte sie mit brüchiger Stimme.

»Das wissen wir noch nicht. Erst müssen wir herausfinden, wer Brunner angestiftet hat«, sagte Olaf. »Sind Sie sicher, dass ich nichts für Sie tun kann?«, fügte er hinzu.

»Es ist bestimmt lieb gemeint.« Sie schnäuzte sich die Nase. »Ich nehme ein paar Tage frei und besuche eine Freundin in Göttingen. Dann bin ich erst mal weg von diesem Wahnsinn. Mir tut auch Özlem leid. Sie musste den Laden schließen. Wer weiß, für wie lange? Wer auch sollte unter diesen Umständen kommen, um bei ihr eine Reise zu buchen? Ihr Traum, das Reisebüro zu übernehmen, ist wohl geplatzt.«

»Werden Sie es an jemand anderes verkaufen?«

Sie stieß einen hilflosen Seufzer aus. »Wer sollte es kaufen wollen? Ich bin froh, wenn ich aus der Sache ohne Verlust rauskomme. Wahrscheinlich wird da ein Handyladen einziehen oder ein 1-Euro-Shop.«

Ein 1-Euro-Shop mit Zugang zu einem Verlies voller gefangener Kinder, dachte Olaf zynisch, bevor er sich von Sabine Yousef verabschiedete und auflegte.

34

Es war einer der langweiligen Einsätze für Dominik. Personenschutz hatte immer den fahlen Geschmack der Routine. Wichtig zwar, aber stets ereignislos. Er brauchte Action.

Letzte Woche Samstag war gut gewesen, in zivil unter Demonstranten. Er hatte die Leute von der Antifa im Auge behalten sollen. Natürlich war es zur Randale gekommen und er hatte gut zu tun gehabt.

Personenschutz gehörte leider zu seinem Job dazu. Eigentlich wollte er zur GSG9, aber die Hürden hierzu lagen irre hoch. Gut, dass er wenigstens mit Peter zusammen im Einsatz war. Von ihm konnte man eine Menge lernen. Peter war abgebrüht und schlitzohrig.

Aber auch er konnte es nicht vermeiden, in diesem Friseursalon aufzufallen wie ein bunter Hund. Schließlich waren sie zwei semmelblonde Typen und die Kunden durchweg Türken, die sich ihre schwarzen Bärte trimmen und Undercuts rasieren ließen.

»Alles klar, ›Kollega‹?«, hatte Peter ihm beim Betreten des Salons grinsend zugeraunt. Toprak, der Mann, den sie schützen sollten, gehörte der Laden. Er sprach Frankfurterisch mit türkischem Einschlag. Für Dominik klang das nach sozialem Brennpunkt. Aber der Typ war okay, hatte Peter und ihm als allerererstes einen Tee angeboten.

Dominiks Eltern machten sich ständig Sorgen wegen seines Jobs bei der Polizei. Er solle sich in ein Büro versetzen lassen, sagten sie immer. Aber da würde er eingehen wie ein kastrierter Löwe. Er musste raus auf die Straße, er wollte etwas bewegen und sich nicht an einem Schreibtisch den Arsch breitsitzen. Wirklich gefährlich war sein Job sowieso nicht. Er war es deshalb nicht, weil er auf seine Einsätze optimal vorbereitet wurde. Das Gleitschirmfliegen, das er in keinem seiner Urlaube ausließ, war um einiges riskanter als die tägliche Polizeiarbeit.

Er beobachtete, wie Peter sich unbewusst an die Seite fasste. Eine alte Berufskrankheit, hatte er einmal gesagt, sich zu vergewissern, dass die Waffe noch an ihrem Platz ist. Dominik tippte sich seinerseits an die Stelle, wo seine Pistole war, und grinste, als er bemerkte, was er gerade tat.

»Ich mach' den Laden jetzt zu«, sagte Toprak. Er wirkte fahrig, nicht untypisch für Leute, die damit rechnen mussten, ermordet zu werden. Unter normalen Umständen war der Mann gewiss viel cooler. Toprak werkelte hinter seinem Tresen und machte die letzten Handgriffe vor seinem Feierabend.

Dominik wandte sich wieder Peter zu. Er wusste den starren Gesichtsausdruck seines Partners nicht zu deuten. Auch nicht, warum der mit aufgerissenen Augen einen Punkt hinter ihm fixierte. Erst als Peter in sich zusammensackte, erreichte der Knall Dominiks Bewusstsein.

Dominiks Hand fuhr unter die Jacke. Gleichzeitig drehte er sich zur Tür. Er erblickte die beiden Gestalten. Sie trugen Kampfanzüge. Seine Knie hielten ihn nicht mehr. Das Knattern einer Maschinenpistole erfüllte den Raum. Endlich bekam er seine Waffe zu fassen. Der Fußboden raste auf ihn zu. Alles schmeckte nach Blut. Über sich sah er die Decke, dann den Lauf einer Waffe.

35

Olaf nahm sich ein weiteres Mal die Facebook-Gruppe vor, die Ashwini ihm geschickt hatte: »Initiative gegen muslimischen Kindesmissbrauch«. Wie bei den Gruppen vorher schienen auch hier alle Mitglieder völlig gaga zu sein. Wie konnte irgendjemand diesen Mist für bare Münze nehmen?

Die neue Zielscheibe des Hasses war ein, wie es schien, Deutschtürke, der einen Friseursalon in Fechenheim besaß. Das Gesicht des Mannes war in eine Szene montiert, die mit viel nackter Haut augenscheinlich bewies, dass er Kinder missbrauchte. Wie bei Yousef wäre er der Kopf eines muslimischen Pädophilenrings, der sich auf den Missbrauch ausschließlich deutscher Kinder spezialisiert hätte. Es war beinahe langweilig, das zu lesen. Auch die widerlichen Kommentare wirkten erstaunlich vertraut, fast als wären sie von dem anderen Artikel kopiert worden. Wahrscheinlich war genau das der Fall.

Ein lautes »Pling« riss ihn aus seinen Gedanken. Eine Nachricht von Gottfried.

»Schau dir das mal an, du Meisterdetektiv!«

Er hatte einen Artikel von Spiegel Online geteilt: »Brutaler Mord in Frankfurt.« Das Titelbild zeigte einen Laden, der trotz des zertrümmerten Inventars vage als Friseursalon zu erkennen war. Davor standen Polizeiautos und ein Krankenwagen. Noch bevor er den Artikel las, wusste Olaf, dass der Polizeischutz für Cem Toprak vergeblich und für die Polizisten ein Himmelfahrtskommando gewesen war.

Er rief Gottfried an. »Das ist der Mann aus der Facebook-Gruppe.«

»Absolut«, kam es von Gottfried zurück. »Wieder wurde jemand denunziert und dann ermordet.«

»Und diesmal sind es gleich drei Tote. Wären Kunden im Laden gewesen, wären die vermutlich auch umgebracht worden.«

»Kollateralschäden. Der Täter wollte sich durch nichts davon abbringen lassen, den Mord durchzuführen. Und dafür musste er die beiden Polizisten ebenfalls erschießen.«

»Es klingt wie in einem Actionfilm«, meinte Olaf.

»Dasselbe Prinzip wie bei Steffen Brunner«, stellte Gottfried fest. »Wie im Fall von Yousef hat der Täter die irre Geschichte auf Facebook geglaubt. Und wie Steffen war er der Überzeugung, dass Politiker und Polizei darin verwickelt wären.«

»Und weil er dachte, es würde sonst keiner tun, hat er geglaubt, er müsste den Verbrecher seiner gerechten Strafe zuführen.«

»Absolut. Und diesmal war der Mörder nicht einer wie Steffen, sondern jemand, der mit einer Maschinenpistole umzugehen weiß.«

»Jemand von der Bundeswehr vielleicht?«

»Möglich. Oder irgendjemand, der so ein Ding samt Bedienungsanleitung im Darknet gekauft hat.«

»Ich denke nicht, dass du diesen Täter so handzahm bekommst wie Steffen Brunner.«

Gottfried lachte. »Um das auszuprobieren, müsste ich erst einmal wissen, wer der Täter ist.«

»Brunner habe ich durch seine Facebook-Kommentare herausgefunden«, meinte Olaf. »Vielleicht funktioniert es auch bei diesem Mord.«

»Vielleicht«, sagte Gottfried. »Es könnte auch für den dritten Mord funktionieren, für den vierten und den fünften. Da draußen gibt es jemanden, der Leute dazu bringt, Morde zu begehen. Den müssen wir kriegen.«

Olaf schnaufte durch. Gottfried hatte recht. Die Morde würden immer weitergehen. Die Polizei würde mit großem Aufwand in jedem einzelnen Mord ermitteln, vielleicht auch den einen oder anderen Täter schnappen, und die Partei Deutsche für Deutschland würde das Ganze für ihre Propaganda missbrauchen. Vielleicht steckten tatsächlich die hinter den tödlichen Hass-Postings?

»Bist du noch da?«, hörte er Gottfried sagen. »Wir müssen herausbekommen, wer hinter all dem steckt. Das geht nur, wenn wir das Internet durchpflügen.«

»Wir brauchen Ashwini«, stellte Olaf fest.

36

Für einen kurzen Moment dachte Olaf, die falsche Tür genommen zu haben.

Eigentlich sah der ›Krumme Hund‹ aus wie immer. Die Bembel standen in Reih und Glied, die Hirschgeweihlampen hingen über den Tischen. Alles schien normal, bis auf die feixende Schar Anzugträger, die an mehreren zusammengeschobenen Tischen saßen, wo sonst die stillen Schoppepetzer die Beschaulichkeit genossen.

Günther, der zusammen mit einem anderen Gast am Tresen saß, nickte Olaf stirnrunzelnd zu. Als Olaf die Theke erreichte, eilte Karin mit einem Tablett in der Hand hervor, auf dem Cocktails standen.

»Ich hoffe, bei dir gibt's auch noch Äppelwoi, nicht nur dieses Edelzeug«, meckerte Günther.

»Bestell einen, dann erfährst du's«, sagte Karin kurzangebunden.

Lärmende Begeisterungsrufe ertönten, als sie mit dem Tablett an den Tisch kam. Olaf machte zwei Asiaten aus, einen Mann indischen Aussehens, zwei mit schwarzer Haut und etliche mit pechschwarzen Haaren.

»Einen Sauergespritzten!«, rief Günther mit herausforderndem Tonfall. Karin, die sich auf Englisch abmühte, den Leuten am Tisch die richtigen Getränke zuzuordnen, schien ihn nicht zu hören.

»Ich hoffe, hier kann man überhaupt noch hingehen«, sagte der Mann neben Günther. »Ich habe keinen Bock auf die Sippschaft.«

Günther ignorierte ihn.

»Hier dein Sauergespritzter!« Das Glas schwappte über, als Karin es mit Wucht vor Günther platzierte. Dann eilte sie erneut mit ihrem Tablett in der Hand zu dem Tisch mit der exotischen Kundschaft.

»Hast du gesehen, was die denen bringt?«, sagte Günther mürrisch. »Oliven, Peperoni, diese fettige spanische Wurst ...«

»Chorizo heißt die«, unterbrach ihn Olaf.

»Von mir aus. Ich will so Zeug nicht. Jedenfalls nicht hier.«

»Musst du ja auch nicht«, entgegnete Olaf. »Bringst du mir ein Rippchen mit Kraut?«, sagte er zu Karin, die wieder geschäftig hinter dem Tresen stand.

»Natürlich.« Der Trotz in ihrer Stimme war nicht zu überhören. »Und ihr müsst nicht so blöd gucken«, sagte sie zu Günther und dem Gast neben ihm. »Der ›Krumme Hund‹ ist und bleibt eine Äppelwoikneipe, aber jeder, der zahlt, wird hier bedient.«

»Aber Oliven und so'n Zeug«, maulte der neben Günther. »Dass du so was überhaupt in der Küche hast. Warst du für die noch schnell einkaufen oder was?«

»Das habe ich für den Griechischen Salat immer in der Küche. Den hast du bei mir auch schon gegessen. Steht auf der Karte.«

Karin eilte wieder an den Tisch, um weitere Bestellungen aufzunehmen. Einer der Männer dort winkte Olaf herüber. Erst jetzt erkannte Olaf den Mann, der ihm bislang den Rücken zugewandt hatte. Es war Mateu. Olaf nahm sein Glas und setzte sich auf einen freien Stuhl an den Tisch mit der illustren Gesellschaft.

»Hi Olaf!« Mateu begrüßte ihn mit Handschlag. »*How are you doing?*« Er wirkte etwas überdreht. Gewiss war das Glas vor ihm nicht sein erstes. Beschwingt stellte er Olaf die anderen am Tisch vor. Olaf schüttelte viele Hände. Die meisten Namen, die Mateu ihm nannte, waren so fremd, dass er sie sofort wieder vergaß. Wie er erfuhr, befand er sich inmitten einer von Mateu initiierten After-Work-Party. Offensichtlich hatte der letzte Besuch im ›Krummen Hund‹ bei Mateu einen so tiefen Eindruck hinterlassen, dass er nach Feierabend Arbeitskollegen und Geschäftspartner mit hierher genommen hatte. Cibrin – ausgerechnet an diesen nigerianischen Namen konnte Olaf sich erinnern – zeigte sich begeistert von den Lampen aus Hirschgeweih. Er würde gerne so eine kaufen. Apfelwein wollte er nicht probieren. Als Moslem halte er sich an alkoholfreie Cocktails.

Olaf blickte auf die mürrischen Gesichter am Tresen und genoss die lebhaften Unterhaltungen am Tisch umso mehr. Das Rippchen mit Kraut, das Karin ihm servierte, verursachte großes Aufsehen. Mateu nahm die Rolle des Experten für deutsches Essen ein und erklärte den anderen, was Olaf da auf dem Teller hatte. Es war deutlich, dass er ein wenig damit angeben wollte, einen waschechten Eingeborenen aus Frankfurt zu kennen.

Trotz Mateus nicht gerade einladenden Erläuterungen zu Sauerkraut und gepökeltem Fleisch, nahmen einige Verwegene Olafs Einladung an, es zu probieren. Die einen taten es höflich, andere brachten sehr direkt zum Ausdruck, dass man dieses Zeug unmöglich essen könne.

Olaf erklärte einem aufmerksamen Publikum gerade Karins Speisekarte, als er Günthers Stimme wahrnahm: »Da kommt der ›laufende Meter‹.«

Olaf musste sich nicht umdrehen, um zu wissen, dass Ashwini hereingekommen war.

»Grüß Gott.« Sie stand nun bei Karin am Tresen. »Olaf? Wo?« Wie es schien, hatte sie zuvor in einer Deutsch-Hindi-App gespickt, um im ›Krummen Hund‹ die richtigen Worte zu finden.

»Hi Ashwini!« Olaf verließ Mateus After-Work-Gesellschaft und begrüßte seine indische Geheimwaffe mit Handschlag. Ihre lange, gelbe Bluse wirkte wie ein Sari. Er setzte sich mit ihr an einen Tisch, der außer Hörweite der neugierigen Gäste an der Theke war.

»Die deutschen Medien berichten von einem Mord in Frankfurt«, begann sie. Wie gewohnt, wackelte dabei ihr Kopf hin und her und wie immer war ihre Art, Englisch zu reden, nicht leicht zu verstehen. »Ich bin sicher, dass das unser Mann aus der Facebook-Gruppe ist.« Ihr Kopf kam plötzlich zur Ruhe. »Sind Sie vom Geheimdienst?«

Olaf konnte ein Grinsen nicht unterdrücken. Als er Ashwinis wache Augen auf sich gerichtet sah, wurde ihm klar, dass er sich schleunigst eine überzeugende Geschichte zurechtlegen sollte.

»Wäre ich tatsächlich vom Geheimdienst, würde ich es auf keinen Fall zugeben.«

Dass diese Antwort schwach war, merkte er nicht nur daran, dass Ashwini ihn weiter aufmerksam musterte und dabei ein spöttisches Grinsen aufsetzte.

»Zuerst soll ich recherchieren, was in den Sozialen Medien über dieses Reisebüro geschrieben wird«, sagte sie schließlich. »Später entdecke ich, dass sein Besitzer von Rassisten als Verbrecher denunziert wird. Danach lese ich, er wurde ermordet. Dann …«

»Okay, okay.« Olaf gab sich geschlagen. »Es geht nicht um das Reisebüro und auch nicht um einen neuen Business Case.«

»Sie wollen Morde aufklären, stimmt's?« Ashwini blickte ihn forschend an.

Olaf nickte. »Allerdings bin ich weder beim Geheimdienst noch bei der Polizei. Nach dem ersten Mord kam ich auf die Idee mit den Internet-Recherchen. Dass ich, mit Ihrer Hilfe, auf eine derart heiße Spur kommen würde, hatte ich nicht erwartet.«

»Sie sind also nicht von der Polizei, einer Behörde oder sonst einer Organisation, sondern machen das ganz alleine und auf eigene Faust?«

»So ist es«, sagte Olaf.

»Und Sie übergeben Ihre Ergebnisse nicht der Polizei?«

»Doch. Selbstverständlich. Das habe ich getan.«

Das Gespräch nahm den Charakter eines Verhörs an. Olaf hatte bereits viel zu viel über seine Recherchen preisgegeben – oder besser, zugegeben. Ashwini war eine hochintelligente Frau, der man nicht mit halbgaren Geschichten kommen sollte.

Ihr Kopf begann wieder zu wackeln. »Wieso ermitteln Sie heimlich und lassen das nicht die Polizei erledigen?«

Ashwini würde von ihm nicht erfahren, dass sein Sohn bei der Mordkommission arbeitete, vor allem nicht, dass Olaf ihm Informationen zuschanzen wollte, um ihm weitere Erfolge zu ermöglichen.

»Tja.« Er rieb sich mit ironischer Nachdenklichkeit am Kinn. »Ich kann das halt besser als die Polizei. Mir kommen die Ideen, auf die ein Polizist nie kommen würde. Und mit einer Data-Science-Expertin mit Prädikatsexamen an meiner Seite fühle ich mich geradezu unfehlbar.«

Ashwini stieß ein lautes Kichern aus. »Ich habe kein Prädikatsexamen«, sagte sie schließlich und trank von ihrer Apfelschorle. »Und ich weiß, was Ihr nächster Auftrag an mich ist: Ich soll die Identität der Person herausfinden, die die beiden Posts mit den indirekten Mordaufrufen verfasst hat.«

Olaf nickte. »Genau das.«

»Ich kann Gedanken lesen«, sagte Ashwini.

37

Olaf wollte seine gesamte Energie in die Suche nach dem Urheber der Hass-Postings stecken, weniger in den Mord an Toprak. Das Fernsehen berichtete allerdings beinahe ausschließlich über den spektakulären Anschlag in Fechenheim. Olaf hatte es sich nach dem Frühstück mit einer weiteren Tasse Kaffee auf dem Sofa bequem gemacht, als das Gesicht der Fraktionsführerin der DfD auf dem Bildschirm erschien.

»... kommt es den Altparteien natürlich sehr gelegen«, sagte sie in die vorgehaltenen Mikrofone, »dass der Getötete Ausländer war.«

»Das Opfer war Deutscher«, wurde sie von einer Reporterin unterbrochen.

»Jemand, der Cem Toprak heißt, mag einen deutschen Pass bekommen haben«, der Blick der Politikerin nahm einen bedrohlichen Ausdruck an, »aber das macht ihn nicht zum Deutschen.« Sie überging weitere Einwürfe der Journalisten. »Dieser Moslem war mutmaßlich der Kopf eines Kinderschänderrings«, setzte sie mit angewiderter Miene fort. »In den Staatsmedien wird dieser Fakt systematisch totgeschwiegen. Trotz umfangreicher Hinweise hat sich kein Staatsanwalt bemüht, Anklage gegen den mutmaßlichen Kinderschänder Toprak zu erheben. Ich sehe hier dasselbe Muster wie in dem Fall des Pädophilenrings um Kasim Yousef, in dem ebenfalls nicht ermittelt wird. Man könnte den Eindruck gewinnen, die Regierung opfert lieber unsere Kinder, als zuzugeben, dass Moslems mitten in Deutschland mutmaßlich Netze von Kinder-Sexsklaven betreiben. Stattdessen werden Polizeistatistiken veröffentlicht, wonach die Zahl der Straftaten in Deutschland rückläufig sei, obwohl jeder in diesem Land mit eigenen Augen sieht, dass das nicht stimmen kann. Nun wird offensichtlich, dass die Altparteien die Wahrheit auf den Kopf stellen wollen. Ein muslimischer Verbrecher wird zum Opfer stilisiert. Wieso gibt es keine Ermittlungen gegen diese Pädophilenringe? Wie es scheint, müssen die Altparteien, die unser Land regieren, erst gezwungen werden, das Leben und die Unversehrtheit unserer Kinder über den Schutz krimineller Moslems zu stellen.«

Olaf hatte genug gehört. Seufzend schaltete er den Fernseher aus. Diesem hirnverklebenden Mist wollte er sich nicht weiter aussetzen. In letzter Zeit hatte er viel zu viel davon gehabt.

Er erhob sich vom Sofa und fühlte dem vagen Schmerz in den Schenkeln nach. Der Muskelkater vom Joggen war kaum mehr wahrzunehmen. Er sollte den nächsten Anlauf starten. Das zweite Mal Sport innerhalb von vier Tagen. Wenn er so weitermachte, würde aus ihm noch ein topfitter Endfünfziger.

Ashwini rief um kurz vor eins an. »*This was very easy!*«

Schon einmal hatte sie sich mit diesen Worten bei Olaf gemeldet. Damals war es ihr gelungen, die Fotos, die Marie so viel Kummer bereitet hatten, als Fälschungen zu entlarven.

»Was war einfach?« Olaf ließ sich ächzend auf den Schreibtischstuhl nieder. Zwar war er auch diesmal nicht bis zum Park gejoggt, dennoch brannten die Oberschenkel, wenn er die Beine bewegte. »Haben Sie den Urheber der Hass-Postings?«

»Ich habe gestern Abend zwei meiner Skripte gestartet. Dass ich die Ergebnisse bereits heute Vormittag und sogar ohne weitere manuelle Eingriffe bekommen würde, hätte ich nicht gedacht.«

»Also war die Aufgabe entweder kinderleicht oder Ihre Skripte sind Gold wert.«

Ashwini kicherte. »Ich habe sie selbst entwickelt. Sie sind gut.«

Er sollte sich von der Inderin eine Scheibe abschneiden. Ob sie ihm vielleicht eines der Skripte vermachen würde?

»Also, wen haben Sie gefunden?«

Sie nannte ihm einen komplett unverständlichen Namen. Gewiss sprach sie einen deutschen Namen schlicht falsch aus. Olaf ließ ihn sich buchstabieren.

»Sigmar Weschke«, sagte er schließlich. »Haben Sie seinen Wohnort?«

Sie nannte ihm eine Adresse in Frankfurt.

»Der Mann wohnt in derselben Stadt?« Er hatte befürchtet, der Typ könnte am anderen Ende der Republik wohnen, womöglich gar im Ausland. Er googelte nach der Adresse: Sigmar Weschke wohnte in Goldstein.

»Gibt es keinen Zweifel, dass Sie den richtigen Mann ermittelt haben?«

»Die Wahrscheinlichkeit ist einhundert Prozent«, sagte Ashwini knapp. »In der Gruppe hat er mehrere Fake-Accounts genutzt. Meine Skripte konnten ihn aber eindeutig seinem offiziellen Facebook-Konto zuordnen.«

»Dann schicken Sie mir bitte alles, was Sie über den Mann haben.«

»Gleich nach der Mittagspause.«

Olaf legte auf. Er verspürte ein erregendes Kribbeln. Hoffentlich dauerte Ashwinis Pause nicht zu lange.

38

»Es tut gut, einmal draußen zu sein.« Gottfried nippte an seiner Cola. Er blickte sich behaglich im ›Krummen Hund‹ um, als wäre es die große, weite Welt.

»Du gehst aber wieder brav zurück in dein Krankenhaus«, sagte Olaf.

Gottfried schmunzelte. »Ich bin nur wegen des Meetings mit dir gekommen. Danach begebe ich mich wieder in die examinierten Hände von Schwester Julinda.«

Olaf nickte zu Günther herüber, der auf einem Barhocker am Tresen saß. Der nickte zurück. Zwar wirkte er neugierig, schien aber anzunehmen, dass Olaf mit Gottfried etwas Geschäftliches besprach, und wollte das respektieren. Vielleicht war er auch einfach glücklich darüber, statt einer Invasion Cocktail trinkender Ausländer mit Gottfried ein bekanntes Gesicht zu sehen.

»Die IT hat mir noch immer keinen Ersatzrechner bereitgestellt«, sagte Gottfried. »Es war sehr mühsam, Ashwinis Informationen auf dem kleinen Handy-Display zu studieren.«

»Wieso lässt du dir von deiner Frau nicht einfach deinen privaten Laptop bringen?«

»Ich habe nie einen privaten Rechner gebraucht.«

»Das hätte ich mir denken können: Du bist immer und überall im Dienst.« Olaf grinste. »Dann bin *ich* also der Experte für Sigmar Weschke. Wir haben Name, Wohnort und Fotos von dem Mann.«

»Ist Weschke echt?«, warf Gottfried ein. »Wir haben in diesem Fall so viele Lügen und Täuschungen erlebt, man kann sich auf nichts verlassen.«

»Der Typ ist kein Fake, es gibt ihn wirklich. Er steht im Telefonbuch. Außerdem findet man seinen Namen im Ortsverband der DfD in Schwanheim.«

Gottfried zog eine Augenbraue nach oben. »Das passt«, sagte er knapp.

»Weschke nutzt mehrere Blogs und Facebook-Konten, mit denen er in großem Stil Lügen und Hetze postet. Von jüdischer Weltverschwörung bis Untergang des Abendlandes.«

»Das macht er doch wohl nicht unter seinem wirklichen Namen«, warf Gottfried ein.

»Natürlich nicht. Die wirklich krasse Hetze verbreitete er anonym über die Fake-Konten. Unter seinen offiziellen Kennungen postet er nur die Sorte Propaganda, die nicht justiziabel ist: gezielte Desinformation, mehr die DfD-Linie.«

»Und wie hoch ist er in der Hierarchie der DfD?«

»Wie es scheint, ist er bloß ein normales Mitglied ohne Pöstchen in der Partei, auch nicht in irgendeinem Parlament. Dabei hätte Weschke alle Zeit der Welt. Er ist nämlich in Rente und das mit nur einundfünfzig Jahren. Vermutlich ist er Frührentner.«

»Wenn er nicht wie du einen fetten Deal mit seinem Arbeitgeber ausgehandelt hat«, warf Gottfried ein.

»Wie auch immer, der Mann hat viel Zeit, die er, wie es scheint, vorwiegend am Computer verbringt.«

Gottfried nahm einen großen Schluck und stellte das Glas mit einem behaglichen Schnaufen ab. »Einer von uns beiden muss mit ihm reden.«

»Du kuschelst dich in dein Krankenhausbett«, sagte Olaf bestimmt. »*Ich* sehe mir den Typen morgen an.«

Gottfried nickte. »In Ordnung. Aber pass auf dich auf.«

»Was denkst du denn? Ich werde ein Messer mitnehmen, einen Revolver und leihe mir einen Kampfhund aus.«

Gottfried blickte ernst. »Dieser Weschke soll auf keinen Fall deine Identität herausbekommen. Du weißt, was er im

Internet tut. Du darfst ihm keine Gelegenheit geben, mit deinem Gesicht und deiner Adresse einen Mordaufruf zu starten, wie er es mit Yousef und Toprak getan hat.«

»Du hast recht«, sagte Olaf. Sigmar Weschke war äußerst gefährlich. Er spielte Herr über Leben und Tod und überließ dabei das Töten anderen. »Ich lasse meinen Personalausweis zu Hause, wenn ich ihn besuchen gehe.«

»Und den Führerschein, die Kreditkarten, das Kärtchen von der Krankenversicherung und überhaupt alles, worauf dein Name steht«, sagte Gottfried bestimmt.

»Das wird schon«, meinte Olaf.

Gottfried schüttelte den Kopf und nahm einen Schluck von seinem Glas. »Wir brauchen eine Idee, wie wir Weschke überhaupt dazu bringen, mit dir zu reden«, sagte er schließlich.

»Du meinst, an seiner Tür zu klingeln, ihm zu erzählen, was wir über ihn wissen, und ihm nahezulegen, alles zu gestehen, wird nicht funktionieren?«, sagte Olaf ironisch.

»Wir brauchen etwas Besseres«, meinte Gottfried ungerührt. »Ashwini hat diese Fake-Konten angelegt. Wirken die für jemanden wie Weschke überzeugend?«

»Immerhin wurde sie damit in einige üble Facebook-Gruppen eingelassen. Sie hat die Profile ausgesprochen authentisch angelegt, mit einem Mix aus Hundefotos und Artikeln zu Frauen vergewaltigenden Moslems«, sagte Olaf.

Gottfried verzog das Gesicht. »Du könntest Weschke von einem solchen Konto aus eine Nachricht schreiben, in der du um ein Treffen bittest.«

»Gut. Allerdings brauchen wir einen plausiblen Anlass.«

»Du könntest dich als großer Freund und Bewunderer der DfD darstellen, der mehr über ihre Arbeit erfahren will.«

»Da ist die Gefahr groß, dass Weschke mich an eine Infoseite im Internet abwimmelt.« Olaf nahm einen Schluck Apfelwein und sah zu Günther herüber, der sich mit einem der Gäste am Tresen unterhielt. Ihm war eine Idee gekommen.

»Ich habe kürzlich einen Artikel über die Psychologie von Menschen gelesen, die für Populismus empfänglich sind. Solche Leute sind der festen Überzeugung, eine Wahrheit erkannt zu haben, die anderen verborgen ist. Sie halten sich für schlauer als ihre Mitmenschen, sehen sich gegenüber anderen in der Erkenntnis der Wahrheit um Schritte voraus.« Er nahm einen weiteren Schluck. »Mit anderen Worten: Unterstützer der DfD und der sogenannten Neuen Rechte sind Klugscheißer. Eitle, eingebildete Klugscheißer.«

Wieder verzog Gottfried das Gesicht. »Du vergisst, dass Weschke nicht der ist, der auf den Populismus hereinfallen soll. Er *produziert* den Populismus. Er verbreitet gezielt Lügen und Propaganda, um einen Effekt zu erzielen. Er mag ein eitler Kerl sein, vor allem aber ist er sehr gefährlich.«

»Ich werde seine hervorragende Arbeit, die er auf Facebook macht, über den grünen Klee loben und mich als großer Fan outen, der Tipps von ihm will. Wenn ich ihm dann noch eine Gelegenheit in Aussicht stelle, ihn zu Ruhm und Ehre in der Szene zu verhelfen, beißt er womöglich an.«

Gottfried zog skeptisch eine Augenbraue nach oben.

Olaf trank seinen Apfelwein aus und machte Karin ein Zeichen, dass er einen neuen wollte. »Du wirst schon sehen: Weschke ist ein eingebildeter Fatzke.«

Zu Hause fand Olaf seinen Sohn vor dem Fernseher vor.

»Und? Wieder einen Mörder gefangen?«, fragte er beschwingt.

»Ich darf dir keine internen Polizeiinfos geben, Papa« Tobias wandte nur kurz den Blick vom Fernseher ab.

»Ich bin bloß neugierig.« Olaf setzte sein unschuldigstes Lächeln auf. »Du kannst mir bestimmt was zu diesem Mord in Fechenheim erzählen, der in den Medien hoch- und runterdiskutiert wird.«

Sein Sohn seufzte. »Okay. Aber nur, weil es öffentlich gemacht wurde.« Er nahm die Pappe mit der Pizza vom Schoß und platzierte sie auf dem Wohnzimmertisch. »Man weiß jetzt, dass es *zwei* Täter gewesen sein müssen.« Er sprach mit vollem Mund. »Im Umgang mit automatischen Waffen geschult«, fügte er hinzu, bevor er sich wieder dem Fernseher zuwandte.

»Und was ist mit der großen Weltverschwörung der DfD?«

Tobias grinste achselzuckend. »Das ist alles gequirlte Scheiße.«

Olaf lachte. »Solche Ausdrücke hast du nicht von mir.« Er ahmte den strengen Tonfall eines Patriarchen nach.

Im Arbeitszimmer fuhr er den Laptop hoch. Sofort begann sein Hirn an einer Nachricht zu arbeiten. Er würde sie als Sören Hochhut schreiben, einem der Fake-Konten, die Ashwini angelegt hatte. Es hatte kein Profilbild und auch sonst existierte dort kein Foto des angeblichen Nutzers. Dieses Konto war für Olafs Zwecke optimal.

Für einen Moment versuchte er, sich in die Gedankenwelt eines Mannes einzufühlen, der in großem Stile rassistische Artikel, aber auch Fotos von Golden Retrievern teilte. Eigene Kommentare schrieb der angebliche Sören Hochhut nicht – verständlicherweise, da das Konto von einer Inderin angelegt worden war, deren deutscher Wortschatz ausschließlich aus ›Grüß Gott‹ bestand.

Die große Verschwörung gegen das deutsche Volk. Bevölkerungsaustausch. Die Moslems vergewaltigen unsere Frauen. Jetzt auch noch unsere Kinder. Altparteien, Staatsfernsehen, Lügenpresse, Biodeutsche. Olafs Gedanken nahmen Fahrt auf. Er tippte die Nachricht nicht direkt in den Messenger, um nicht versehentlich einen halbfertigen Text zu verschicken. Erst nachdem er ihn mehrmals überarbeitet und korrigiert hatte, kopierte er ihn in die Nachricht an Weschke.

Er grinste über das ganze Gesicht, als er sie abschickte.

39

Olaf las Weschkes Antwort direkt nach dem Aufstehen.

»Lieber Sören Hochhut, wir können uns gerne bei mir zu Hause treffen. Ich stehe heute von zehn bis fünfzehn Uhr für ein Gespräch bereit.« Es folgten Weschkes Adresse sowie der Wunsch, ihm eine Uhrzeit mitzuteilen, zu der Olaf alias Sören Hochhut ihn aufsuchen würde.

Olaf blickte auf die Uhr. Halb neun. Wenn er wollte, könnte er direkt nach dem Frühstück zu Weschke fahren. Dass seine Nachricht vom Vorabend dermaßen einschlagen würde, hatte er nicht für möglich gehalten. Es wirkte beinahe zu einfach. Er sollte sich schleunigst darüber Gedanken machen, wie er den Mann überhaupt zum Reden bringen wollte.

Nachdem er eine Brotscheibe im Toaster versenkt hatte, schrieb er eine Antwort an Weschke. Als Uhrzeit für das Treffen schlug er zwölf Uhr vor.

Er sollte Gottfried informieren. »Treffe mich um zwölf mit Weschke«, schrieb er ihm über den Messenger. Das Brot war noch nicht aus dem Toaster geschnellt, als das Handy ›The Passenger‹ von Iggy Pop spielte: Gottfried rief an.

»Das ging schnell.«

»Meine Nachricht an Weschke war halt gut geschrieben«, antwortete Olaf.

»Was hast du ihm geschickt?« Gottfrieds Skepsis war nicht zu überhören.

»Dass ich einen russischen Geldgeber an der Hand habe für den Aufbau eines großen Nachrichtenportals. Nun suche ich einen erfahrenen Kompagnon, der sich beteiligt oder mich wenigstens mit seiner Expertise in Volksverhetzung unterstützt.«

Es dauerte einige Sekunden, ehe Gottfried antwortete. »Wie es scheint, hast du einen guten Köder ausgeworfen, noch dazu einen großen. Vielleicht ist er zu groß, um in einer Unterhaltung mit Weschke das Lügengebäude aufrechtzuhalten.«

»Ich habe diesen Mist doch bloß geschrieben, damit er sich auf ein Gespräch einlässt. Dann will ich ihn damit konfrontieren, was wir über ihn und die Morde wissen.«

Gottfried atmete hörbar aus. »Ich hoffe, du hast dich mit ihm auf neutralem Boden verabredet«, sagte er schließlich, »und nicht etwa bei ihm zu Hause.«

»Das Treffen findet in seinem Haus statt. Er soll nicht misstrauisch werden, indem ich ihm ein öffentliches Lokal vorschlage. Er geht ja davon aus, dass wir brisante Themen besprechen, die niemand mithören soll.«

»Wenn ich um dreizehn Uhr nichts von dir höre, rufe ich die Polizei an«, sagte Gottfried bestimmt.

»Du wirst die ganze Zeit von mir hören. Ich nehme nämlich alles mit dem Handy auf und streame es in Echtzeit auf meinen Server.«

»Gute Idee«, räumte Gottfried ein. »Lass mich die Adresse wissen, an die du das schickst. Und sei auf der Hut, dass Weschke nicht herausbekommt, wer du wirklich bist.«

»Ja, ja. Ich fahre nicht mit dem Auto und lasse die Brieftasche zu Hause.« Olaf legte auf.

Gottfried entwickelte sich allmählich zum notorischen Bedenkenträger. Dabei war er es gewesen, der Brunner auf eigene Faust und ohne jemanden davon zu informieren aufgesucht und zu einem Geständnis bewegt hatte. Die Untätigkeit im Krankenhaus tat ihm nicht gut. Sie schien ihn jeden Tag ein bisschen grüblerischer zu machen. Natürlich war die Therapie wichtig. Sie war seine einzige Chance, diese Krankheit zu überleben.

Wenn Gottfried arbeitete, gefiel er Olaf aber besser.

40

Olaf hatte sich Weschkes Haus anders vorgestellt. Hier sollte der Mann wohnen, der Menschen zum Morden aufstachelte? Das Haus machte einen heiteren, geradezu einladenden Eindruck. Blühende Staudengewächse im Vorgarten zeugten von liebevoller Sorgfalt beim Gärtnern, vielleicht auch nur von den Diensten eines kompetenten Gartenbaubetriebs.

Wie die meisten Häuser in der ruhigen Einbahnstraße war Weschkes Haus freistehend. Olaf schätzte seinen Wert auf einen siebenstelligen Eurobetrag. Der Mann schien wohlhabend zu sein, könnte das Haus aber auch bloß geerbt haben.

Von dem Mäuerchen an der Straße aus konnte Olaf einen kleinen Teil des Gartens hinter dem Haus einsehen. Das üppige Grün ließ auf ein Idyll mit Bäumen und Büschen schließen. Beinahe glaubte er, das Geschrei spielender Kinder zu hören.

»Gottfried, ich stehe vor Weschkes Haus und klingle jetzt«, murmelte Olaf in die Innentasche seiner Jacke, wo sein Handy verstaut war. Den Live-Stream hatte er wenige Minuten vorher gestartet, außerhalb der Sichtweite des Hauses. Er wusste, dass Gottfried gespannt mitverfolgte, was geschah. Wahrscheinlich würde er selbst dann nicht sein Smartphone weglegen, wenn der Chefarzt persönlich an seinem Bett stände.

»Hier ist Sören Hochhut«, antwortet er auf die Frage aus der Gegensprechanlage, wer geklingelt habe. Sogleich wurde mit einem Summen das kleine Tor in den Vorgarten freigegeben. In der Haustür stand ein Mann von mittlerer Größe und mit einem Body-Mass-Index, der auf exzessives Essen fettiger Speisen schließen ließ.

»Herr Hochhut, ich grüße Sie«, sagte Weschke geschäftsmäßig. »Bitte kommen Sie herein.« Er ging Olaf voran durch einen kurzen Flur. Olaf musterte irritiert Weschkes Hinterkopf. Was zunächst wie ungepflegt abstehende Haare wirkte, sollte wohl einen Dutt darstellen. Die grauen Haare waren aber viel zu kurz dafür und erlaubten bloß ein kümmerliches Knötchen auf der ansonsten gewöhnlichen Frisur.

Sie erreichten das lichtdurchflutete Wohnzimmer. Die hellen Möbel und eine große Couch erzeugten eine freundliche Atmosphäre.

»Einen Augenblick.« Weschke nahm einen Zettel vom Couchtisch. Bevor er ihn in die Gesäßtasche steckte, konnte Olaf das Logo des Fitnessstudios ›Fitness First‹ erkennen. Darunter stand handschriftlich das aktuelle Datum und die Anmerkung »16 Uhr, MyZeil, Trainingsstunde mit Cedric.« Nun kannte Olaf den Grund dafür, weshalb Weschke bloß bis drei Uhr Zeit hatte: Er arbeitete an seiner Traumfigur.

»Wir gehen in mein Arbeitszimmer.« Weschke stieg Olaf voran die Treppe hinauf.

Wie in vielen Häusern hingen auch in seinem Treppenaufgang Familienfotos an der Wand. Olaf schloss daraus, dass der Mann verheiratet sein musste und drei erwachsene Töchter hatte.

Wer auch immer das Haus so tipptopp in Ordnung hielt, schien einen Riesenbogen um das Arbeitszimmer zu machen. Es wirkte beinahe wie das Kabuff eines jugendlichen Spielsüchtigen. Der Schreibtisch war mit Tellern voller Essensreste, Kaffeeflecken, benutzten Taschentüchern und unzähligem Krimskrams bedeckt. In einem von verknoteten Kabeln und Zeitschriften überbordenden Regal machte Olaf eine externe Festplatte aus. Auf einem anderen Regal lagen zerkrümelte Kekse herum, USB-Sticks, angebrochene Päckchen Taschentücher und vier vollgekleckerte Kaffeetassen. Tobias' Kinderzimmer hatte eine Weile ähnlich ausgesehen. Er war damals vierzehn gewesen. Olaf hatte das Problem über die Kindersicherung des WLAN-Routers gelöst, wodurch Tobias' Internetkonsum auf täglich zwei Stunden beschränkt worden war. Vielleicht würde Weschke eine ähnliche Therapie guttun?

»Wie kann ich Ihnen helfen?« Weschke wies auf einen Bürostuhl, auf dem erfreulicherweise kein Papier gestapelt war. Weschke selbst ließ sich in einen ledernen Chefsessel am Schreibtisch fallen.

»Wie Sie wissen, werde ich ein rechtes Nachrichtenportal aufsetzen«, begann Olaf.

»Und Sie suchen Unterstützer«, unterbrach ihn Weschke ungeduldig. »Das haben Sie mir bereits geschrieben. Wie sind Sie dabei auf mich gekommen?«

Die Frage schien nicht Misstrauen auszudrücken. Weschke wirkte eher, als erwarte er lobpreisende Worte.

Olaf ließ sich nicht lumpen. »Ich verfolge seit geraumer Zeit Ihre Arbeit auf Facebook«, sagte er, »und möchte Sie meinem Geldgeber als Kooperationspartner vorschlagen.«

Weschke nickte. »Und wer ist dieser Mann mit dem vielen Geld?«

»Ein russischer Staatsbürger. Sie haben gewiss Verständnis dafür, dass ich seine Identität erst preisgebe, wenn feststeht, dass Sie uns unterstützen werden.«

Einen Moment schien Weschke nachzudenken. Dann grinste er selbstgefällig. »Welche Art von Nachrichten wollen Sie veröffentlichen?«

»Die Gegendarstellung.« Olaf konzentrierte sich auf seine Rolle als Sören Hochhut. »Ich werde den angeblichen Wahrheiten der Systempresse meine Wahrheiten gegenüberstellen.«

Weschke setzte einen ironischen Blick auf. »Und wo nehmen Sie Ihre eigenen Wahrheiten her?«

»Ich habe keine Redaktion oder gar Korrespondenten. Über meinen Geldgeber kann ich mir allerdings den Content zukaufen, den ich veröffentliche.«

»Jetzt weiß ich aber noch immer nicht, welche Wahrheiten Sie publizieren. Wo stehen Sie politisch?« Weschke musterte ihn erwartungsvoll.

Olaf entschloss sich, fürs Erste nicht zu dick aufzutragen. »Ich stehe für die Lücke, die Merkel hinterließ, als sie die CDU zu einer sozialdemokratischen Partei umgebaut hat.«

Weschke nickte zustimmend. »Merkel hat die CDU zu einer schlechten SPD gemacht. Die SPD selbst ist nur noch eine Splitterpartei. Dort, wo einmal die CDU stand, nämlich in der Mitte der Gesellschaft, steht jetzt die DfD. Und die Staatsmedien tun alles, um uns als Rechtsradikale zu verunglimpfen.« Er fasste sich an den Hinterkopf, als wollte er sich vergewissern, dass sein Dutt noch an der vorgesehenen Stelle war. »Das etablierte politische Spektrum ist fest in der Hand linker Propagandisten«, fuhr er fort. »Die Altparteien sind korrupt und folgen nur noch der geheimen Agenda der Großkonzerne.«

Olaf unterdrückte ein ironisches Grinsen und stellte stattdessen ein begeistertes Kopfnicken zur Schau.

»Sie fluten das Land mit Moslems. Dann schwätzen sie mit ihrer Klimahysterie den Weltuntergang herbei, um vom Bevölkerungsaustausch abzulenken.«

»Genau so ist es«, sagte Olaf. »Und ich werde mit dem neuen Nachrichtenportal dagegenhalten.«

»Jetzt haben wir Millionen und Abermillionen Muslime in unserem Land«, fuhr Weschke fort. »Wir Deutsche werden einem Dauerterror ausgesetzt. Es vergeht kaum ein Tag, an dem nicht eine deutsche Frau von diesen Kameltreibern vergewaltigt wird. In den Staatsmedien ist nichts davon zu hören, nur dann, wenn wir es aufdecken und unter so vielen Menschen verbreiten, dass selbst die Staatsführung es nicht mehr leugnen kann.«

Olaf ließ ein zustimmendes Grunzen hören. Weschke war richtig in Fahrt gekommen. Zwar bewegte sich sein fülliger

Leib in dem Chefsessel kaum, dafür gestikulierte er zunehmend mit den Armen. Seine Stimme war laut und anklagend.

»Wenn wir es heute nicht verhindern, sind die Muslime in zehn Jahren in der Mehrheit. Dann ruft der Muezzin zum Gebet, die Kirchen werden geschlossen, die Scharia wird eingeführt. Womöglich wird Arabisch Amtssprache in Deutschland!«

»Darüber will ich in meinem Nachrichtenportal aufklären«, sagte Olaf.

»Sie müssen sich mal in diesem Stadtteil umschauen: Auf den Straßen sieht man nur noch verschleierte Frauen und Männer mit Kaftanen und langen Bärten. Und die vermehren sich wie die Karnickel!«

»Ich habe bereits eine große Sammlung brillanter Artikel, die ich veröffentlichen werde«, sagte Olaf.

Weschke blickte ihm direkt in die Augen. »Ihre brillanten Artikel können Sie sich sparen«, sagte er verächtlich. »Mit ellenlangen Texten sind die Leute nicht zu erreichen. Niemand hat heute mehr Zeit, irgendeinen intellektuellen Quatsch zu lesen. Informationen müssen verkürzt daherkommen, auf den Punkt gebracht. Und ganz wichtig: Es müssen Emotionen angesprochen werden. Sparen Sie sich das Geld für lange Traktate. Investieren Sie in etwas Nützliches. Als Erstes brauchen Sie Medien, also Bilder und Videos.« Wieder nestelte Weschke an seinem Dutt herum, als wollte er sichergehen, dass er noch nicht in sich zusammengefallen war. »Ein Foto von zerfetzten Leichen nach einem Attentat ist nicht jedermanns Sache. Ein solches Bild sagt aber unendlich mehr aus, als die schönsten Zeilen Text. Oder denken Sie an Fotos von den Visagen der Moslems, die eine deutsche Frau vergewaltigt haben. Solche Fotos drücken viel mehr aus, als ein trockener Artikel über eine Vergewaltigung.«

»Wo bekomme ich solche Bilder?«, fragte Olaf, wusste aber, dass Weschke keine Unterbrechung seines Vortrags dulden würde.

»Also merken Sie sich: knappe Texte mit klaren Aussagen, Emotionen wecken, Fotos und Videos mit schockierendem Inhalt. So erreichen Sie die Leute.«

Olaf grinste blöde, was in seiner Rolle als Sören Hochhut vermutlich eine angemessene Reaktion war.

»Und als zweites müssen Sie Geld in Interaktionen investieren. Stellen Sie sicher, dass Sie so viele Likes wie möglich auf Ihre Artikel bekommen, Kommentare mit Zustimmung und – ganz wichtig – dass Ihre Artikel so oft wie nur irgend möglich auf Facebook und anderen Sozialen Medien geteilt werden. So was kann man für einen moderaten Preis bei Agenturen kaufen. Ich werde Ihnen einige Adressen geben.«

Wieder ging Weschkes Hand zu seinem Dutt, der nun in Auflösung begriffen war.

»Und dann ist da noch unser rechtes Netzwerk. Ohne dieses Netzwerk mit seinen Unterstützern und Social Bots würde man uns gar nicht wahrnehmen. Nur durch das Netzwerk konnten wir anfangs überhaupt den Eindruck erzeugen, eine immer größer werdende Bewegung zu sein. Heute haben wir rechte Nachrichtenportale mit höheren Zugriffszahlen als Spiegel Online.« Weschke blickte Olaf wieder eindringlich in die Augen. »Wenn ich etwas auf meinem Blog poste, kann ich sicher sein, mindestens zwanzig Kommentare zu bekommen, die richtigen natürlich. Jeder Artikel wird von einer dreistelligen Zahl Facebook-Nutzern geteilt und tausendfach gelikt. Und das alleine durch die Aktivitäten unseres Netzwerks. Auf diese Weise wird breite Zustimmung vorgespielt und das Ganze einer enormen Zahl von Nutzern bekannt gemacht, die sonst nie auch nur in die Nähe meines Artikels gekommen wären.«

Olaf wusste, dass es so etwas gab. Ein Sören Hochhut würde es ebenfalls wissen. »Und es gibt geheime Facebook-

Gruppen«, sagte Olaf mit einem Grinsen, »wie etwa die Gruppe ›Muslimischer Kindesmissbrauch in Frankfurt am Main‹.«

»Diese und viele andere«, bestätigte Weschke fachmännisch.

»Ich habe einen interessanten Post in dieser Gruppe gefunden«, fuhr Olaf fort. »Zu einem gewissen Kasim Yousef. Der wurde kurz nach der Veröffentlichung des Posts ermordet.«

Bei der Erwähnung des Namens blickte Weschke Olaf scharf an. »Wenn Sie den Artikel gelesen haben, wissen Sie, dass es um den Mann nicht schade ist.«

Olaf nickte. Es war unangenehm, dass Weschke den Blick nicht eine Sekunde von ihm abwandte.

»Ich habe gelesen, was über ihn geschrieben wurde«, sagte er schließlich. »Eine Quelle, die die Anschuldigung belegen würde, gibt es nicht, und das Bild mit ihm und dem Kind ist eine Fotomontage. Das Originalbild stammt von einem schwedischen Nachrichtenportal.«

»Woher wollen Sie das wissen?« Weschke ruderte energisch mit den Armen. »Die Leute sind jeden Tag dem methodischen Schwindel der Systempresse ausgesetzt. Überall begegnet man Lug und Trug. Bei dem Artikel über diesen Türken hat der Verfasser etwas überzeichnet, ein klein wenig nachgeholfen. Der Mann war aber so oder so ein Krimineller. Wäre er vor Gericht gelandet, wäre er von einem linken Richter freigesprochen worden. Wahrscheinlich hätte er noch Schmerzensgeld bekommen.«

Olaf spürte, dass seine Mundwinkel sich in die Richtung der Ohren verzogen. Er konnte das Grinsen vor Weschke nicht verbergen. Der Mann wirkte wie einer dieser keifenden Typen, die das Fernsehen oft auf Pegida-Demonstrationen zeigte. Olaf hatte ihn sich geistreicher vorgestellt.

»Also Lügen gegen Lügen?«, sagte er.

»Keine Lügen. Nicht von uns. Jemand hat den Wahnsinn in unserem Land auf den Punkt gebracht, den Finger in die Wunde gelegt, da wo es wehtut. So erhält man die Aufmerksamkeit, die das Thema verdient.«

»Jemand aus der Facebook-Gruppe hat Yousef erschossen«, sagte Olaf ruhig. »Die Polizei hat in dem Reisebüro keine gefangengehaltenen Kinder entdeckt.«

»Das behaupten diese gekauften Medien«, zischte Weschke. »Was wollen Sie wirklich von mir, Herr Hochhut?«, sagte er unfreundlich.

Olaf widerstand Weschkes bohrendem Blick. »Ich weiß, dass *Sie* diesen Artikel veröffentlicht haben, natürlich nicht unter Ihrem wirklichen Namen.«

»Das können Sie gar nicht wissen.«

»Mit einem klein wenig Data Analytics bekommt man das hin. Auf diese Weise habe ich ebenfalls herausgefunden, dass Sie auch für den Artikel verantwortlich sind, der zur Ermordung dieses Friseurs geführt hat, Cem Toprak.«

Weschke ließ seinen massigen Leib aus dem Stuhl schnellen. »Beide Artikel sind freie Meinungsäußerung«, sagte er heftig. »Und jetzt gehen Sie!«

Auch Olaf war aufgestanden. »Sie wissen, wie Sie mich erreichen können«, sagte er ruhig.

»Gehen Sie! Sonst rufe ich die Polizei wegen Hausfriedensbruchs.«

Weschke öffnete die Tür und ging nur einen halben Schritt zur Seite, um Olaf durchzulassen.

»Ich habe Material, mit dem ich beweisen kann, dass Sie der Urheber dieser Artikel sind.«

Olaf stieg die Treppe hinunter. Er spürte Weschke unangenehm hinter sich und beschleunigte seine Schritte. Er wollte ihm keine Gelegenheit geben, ihn hinunterzustoßen.

Wieder lief er an den Familienfotos vorbei, Bilder einer, wie es schien, glücklichen Familie.

»Was würden Ihre Kinder sagen, wenn man Sie wegen Anstiftung zum Mord in Handschellen aus dem Haus führte?«

»Keine Ahnung. Ich bin geschieden«, zischte Weschke hinter ihm. »Und das geht Sie nichts an. Verschwinden Sie endlich, oder ich rufe die Polizei.«

Sie hatten den Flur erreicht.

»Herr Weschke, Sie sollten sich stellen.«

Weschke stieß ein höhnisches Lachen aus. »Dazu gibt es keinen Anlass. Ich habe von meinem Recht auf freie Meinungsäußerung Gebrauch gemacht.« Er öffnete die Haustür. »Und falls Sie mich mit Ihren angeblichen Beweisen zu erpressen versuchen ...«

»Ich will, dass Sie sich stellen«, unterbrach ihn Olaf.

»... dann sollen Sie wissen, dass Beweise, die auf derart kriminellem Wege beschafft wurden, vor Gericht überhaupt nicht zugelassen sind. Und jetzt sehen Sie zu, dass Sie Land gewinnen!«

Olaf trat in den bunten Vorgarten hinaus.

»Und übrigens, Herr Hochhut, oder wie auch immer Sie wirklich heißen ...«

Olaf drehte sich zu Weschke um und blickte direkt in das Auge einer Handykamera. Mit einem triumphalen Grinsen hielt Weschke sein Smartphone hoch. Das ständige Klicken ließ keinen Zweifel daran, dass er Fotos von Olafs Gesicht machte.

»Hören Sie sofort auf damit!«, rief Olaf.

Weschke lachte boshaft. »Einen schönen Tag noch, Herr Hochhut!«, sagte er, bevor er die Haustür schloss.

41

»Ich habe das Haus verlassen und beende die Übertragung.« Olaf wähnte sich weit genug von Weschkes Haus entfernt, um das Handy aus der Tasche zu nehmen. Gerade als er den Live-Feed beendete, vibrierte das Telefon in seiner Hand. Gottfried rief an.

»Ich habe alles mitgehört, auch wenn es manchmal dumpf klang.«

»Für Dolby Surround hat es leider nicht gereicht.«

»Jetzt ist sicher, dass Weschke unser Mann ist«, sagte Gottfried. »Allerdings hat mich völlig überrascht, dass er so gesprächig war. Er hat einige höchst interessante Details zu den Machenschaften der rechten Medien ausgeplaudert, dann aber auch ausgemachten Unsinn geredet.«

»Er scheint seiner eigenen Propaganda zu glauben.« Olaf grinste. »Eine große Leuchte ist er nicht. Aber gefährlich. Und es wird schwierig, ihm irgendetwas nachzuweisen.«

»Darauf hat Weschke eindrucksvoll hingewiesen. Leute wie er kennen die Rechtslage sehr genau. Offenbar haben wir nichts, was für eine Anklage taugt.«

»Auch nicht meine Aufzeichnung von eben«, stellte Olaf fest. Er wechselte zur anderen Straßenseite und bog nach rechts in Richtung Straßenbahnhaltestelle ab.

»Es war ein Fehler, Weschke zu besuchen«, sagte Gottfried. »Du hast dich unnötig in Gefahr gebracht. Du hast doch nicht wirklich geglaubt, du könntest ihn überreden, sich zu stellen.«

»Ich hatte gedacht, es wäre einen Versuch wert.«

»Jetzt weiß er, es gibt jemanden, der ihn enttarnt hat. Er wird künftig vorsichtiger agieren oder, was wahrscheinlicher ist, er wird sich zur Wehr setzen. Was war das eigentlich am

Schluss? Weschke hat dich nochmal zurückgerufen, aber man konnte nicht verstehen, was gesprochen wurde.«

Olaf holte tief Luft, bevor er antwortete. »Weschke hat mich fotografiert.«

»Gar nicht gut«, hörte er Gottfried sagen. »Jetzt hat er Fotos von dir und kann herausbekommen, wer du in Wirklichkeit bist. Ich nehme an, es gibt im Internet Fotos von dir.«

»Gibt es«, sagte Olaf zerknirscht. »Auf Facebook, LinkedIn, von Veranstaltungen, auf denen ich Vorträge gehalten habe ... Er braucht bloß eines der Fotos in die ›umgekehrte Bildersuche‹ bei Google hochzuladen, schon hat er mich gefunden.«

»Wir müssen uns schnell etwas einfallen lassen«, sagte Gottfried.

Als er in der Straßenbahn saß, versuchte Olaf seine Gedanken zu ordnen. Er wusste, dass man unzählige Fotos von ihm fand, wenn man in Google seinen Namen eingab. Es waren nicht bloß solche aus den Sozialen Medien. In seinem Beruf, den er bis vor wenigen Wochen ausgeübt hatte, war er häufig als Redner auf Kongressen aufgetreten. Die Veranstalter hatten selbstverständlich Fotos und Informationen zu seiner beruflichen Vita auf ihren Websites veröffentlicht. Selbst wenn es ihm irgendwie gelänge, alle Fotos von Facebook und LinkedIn zu löschen – schon das war eigentlich unmöglich – würden die Bilder zunächst einmal auf solchen Websites bleiben. Zwar konnte er von den Veranstaltern verlangen, dass sie alle seine Fotos und persönlichen Daten aus dem Netz nehmen sollten, das könnte aber Tage, wenn nicht Wochen dauern.

Wahrscheinlich war es ohnehin zu spät, sich über das Löschen dieser Bilder Gedanken zu machen. Mit den Fotos, die Weschke gerade geschossen hatte, könnte er längst nach Olafs Identität recherchiert haben und bereits fündig geworden sein.

Es war das eingetreten, was Olaf um jeden Preis vermeiden wollte. Der Besuch bei Weschke war völliger Irrsinn gewesen. Argwöhnisch betrachtete er sein Smartphone. Wenn es das nächste Mal klingelte, könnte Weschke dran sein.

Es musste eine Idee her.

42

»Das ist nicht dein Ernst!« Gottfried klang geradezu empört.

»Es ist die beste Waffe, die wir gegen Weschke in Stellung bringen können. Eigentlich die einzige.« Olaf setzte das Headset auf, damit er die Hände frei hatte, um Kaffee aufzusetzen.

»Ich erinnere mich nur zu gut daran, wie der Virus ständig durchgedreht ist. Du hattest ihn überhaupt nicht unter Kontrolle.«

»Er hat zweimal nicht das getan, was er sollte, nur zweimal«, entgegnete Olaf besänftigend. »Und ich habe herausgefunden, woran es lag.«

Das klang zuversichtlicher als angebracht, aber es war auch nicht wirklich falsch. Tatsächlich glaubte Olaf die Programmbibliothek identifiziert zu haben, die den Virus so unberechenbar gemacht hatte. Er hatte sie von einem Entwicklerportal heruntergeladen, die ihm seriös erschienen war. Dass das Portal allerdings von einem Tag auf den anderen aus dem Internet verschwunden war, streute Zweifel, ob man den dort angebotenen Entwicklerwerkzeugen wirklich trauen konnte. Bislang hatte Olaf keinen Ersatz für die fragliche Bibliothek gefunden, deshalb benutzte er sie noch immer. Der Virus war heute also vermutlich genauso verrückt wie zuvor, aber das würde er Gottfried nicht auf die Nase binden.

»Einverstanden«, hörte er Gottfried sagen, »der Virus ist eine Chance, gegen Weschke vorzugehen.«

»Diesmal werde ich alles scharfstellen, was der Virus zu bieten hat: Video- und Audioüberwachung, alle Eingaben loggen, Ausspionieren von Passwörtern ...«

»Olaf, manchmal kann man Angst vor dir bekommen.«

»Dann bleibt noch zu klären, wie ich ihn Weschke unterjubeln kann.«

»Dafür bist du der Experte.«

»Ein Experte mit vielen Ideen, die alle noch unausgegoren sind. Es wird nicht einfach werden, den Virus auf Weschkes Handy zu bringen. Ein Typ wie er wird gewiss keine unbekannten Mail-Anhänge öffnen oder auf sonst einen der billigen Tricks hereinfallen.«

»Dann denk dir etwas Besseres aus.« Gottfried legte auf.

Olaf blickte aus dem Küchenfenster. Der Himmel war in den letzten Stunden grau geworden, und es begann zu regnen.

Er brauchte eine Idee.

Wie könnte er Weschke auf eine präparierte Webseite locken, auf der der Virus auf ihn wartete? Es müsste auf jeden Fall etwas Intelligenteres sein als die nervigen Spam-Mails der Sorte »Klicken Sie hier, um ihr Konto zu entsperren.« Es musste etwas sein, das Weschke zugleich interessant und vertrauenswürdig genug fände, um auf einen vorbereiteten Link zu klicken.

Auch der erste Schluck Kaffee brachte Olaf keine Inspiration. Weschke war in Internet-Belangen vermutlich sehr erfahren. Genauso wie Olaf selbst würde der auf keinen Link klicken, der ihm suspekt war.

Es kam ihm eine andere Methode in den Sinn, der simpelste aller Tricks. Er nutzte eine Schwäche aus, die in jedem Menschen steckt: Neugierde. Nahezu jeder, der einen Daten-Stick entdeckt, will wissen, was sich darauf befindet. Nicht alle können dem Drang widerstehen und schließen deshalb einen solchen Stick an ihren Computer an. Mit diesem Trick war es Hackern schon oft gelungen, Schadsoftware in Firmennetzwerke einzuschleusen, in die sie von außen nicht herangekommen wären. Wo allerdings sollte man einen präparierten USB-Stick in Weschkes Nähe platzieren, dass er ihn vermeintlich zufällig entdeckte? Etwa in seinem Briefkasten, im Vorgarten oder auf dem Dach seines Autos?

Olafs Gedanken drehten sich im Kreis. Er wusste, er hatte nicht viel Zeit. Weschke durfte auf keinen Fall einen Artikel über ihn ins Netz stellen, in dem er wie Yousef und Toprak als Monster dargestellt würde. Falls es ihm dennoch gelänge, musste Olaf in der Lage sein, den Artikel sofort wieder zu löschen. Das müsste so schnell passieren, dass niemand Olafs Adressdaten abspeichern oder gar den Artikel herunter- und an anderer Stelle wieder hochladen könnte. Jede Minute zählte, eigentlich jede Sekunde.

Zwar war Olaf ein Security-Experte, aber unter Stress fiel ihm nichts ein. Er ging in die Küche, um sich Kaffee nachzufüllen. Aus dem Wohnzimmer erklang ›Smooth Operator‹.

»Was machen die Ermittlungen, Herr Detektiv?« Olaf hätte Saras erotische Stimme genossen, wenn er nicht gerade über seine bevorstehende Erschießung nachgedacht hätte.

»Weit fortgeschritten«, knurrte er.

»Bist du den Hintermännern auf der Spur?«

»Bin ich.« Er nippte von seinem Kaffee.

»Muss man dir heute jedes Wort aus der Nase ziehen? Den Mord im Reisebüro hast du aufgeklärt. Du wolltest aber denjenigen finden, der den Mörder aufgehetzt hat. Bist du in dieser Angelegenheit vorangekommen?«

»Ich weiß, wer es ist.«

»Das ist toll! Wie geht es nun weiter?« Sie klang sensationslüstern.

»Das Problem ist, er weiß auch, wer ich bin.«

»Oh.« Sie zögerte. »Heißt das, er kann dir gefährlich werden?«

»Gut möglich. Er könnte jemanden aufhetzen, auch mich zu töten.« Es klang bizarr, sich mit Sara über seine wahrscheinliche Ermordung zu unterhalten. Er sollte viel mehr Angst haben, statt dieses vage ungute Gefühl. Auch sollte er sich Sara am anderen Ende der Leitung nicht zu lebhaft vorstellen. Das lenkte seine Gedanken in eine Richtung, die in seiner Situation alles andere als hilfreich war.

Oder vielleicht doch? Ihm kam eine Idee.

»Sara, wann warst du das letzte Mal in einem Fitnessstudio?«

43

Sara parkte das Cabrio im Parkhaus MyZeil. Das Outfit besorgte sie im Galeria Kaufhof: ein knallrotes Oberteil und schwarze Leggings, beides hauteng: für Sport kaum geeignet, aber ideal für ihre Mission. Sie ließ sich die Etiketten an der Kasse abschneiden und steckte die Klamotten in ihre Sporttasche.

Sie hatte noch dreißig Minuten Zeit für einen Campari im ›Café Mozart‹. Gewöhnlich trank sie vor dem Work-out keinen Alkohol. Einige der Männer an den Tischen behielten sie interessiert im Auge. Ihr war aber nicht nach flirten. Sie war aufgeregt, beinahe erregt, wegen dem, was ihr bevorstand. Ob es Olaf ähnlich erging, wenn er an Mordfällen recherchierte? Ihr Leben hatte durch ihn einen Kick in eine völlig unerwartete Richtung bekommen. Vor einer Stunde noch war nicht daran zu denken gewesen, dass sie einmal eine Spionin geben würde. Etliche Jahre hatte sie durch ihren Mann, Gereon, in einem finanziellen Rundum-Sorglos-Paket gelebt. Den Kitzel hatte sie sich aber stets woanders holen müssen. Professor heiratet seine attraktivste Studentin: So in etwa könnte man ihre Ehe beschreiben. Zwar hatte sie den Master abgeschlossen, danach aber nie einen Job gesucht.

Nun war Gereon wegen einer Mordanklage in Haft. Die Gelegenheit, den Teil des Tafelsilbers, auf den sie Zugriff hatte, schnellstmöglich zu ihrem eigenen Geld zu machen.

Und ihr neues, freies Leben in allen sich bietenden Facetten zu genießen.

Plötzlich hielt es sie nicht länger auf ihrem Stuhl. Sie wollte los. Sie stürzte den restlichen Campari runter und machte sich auf den Weg zu ihrer ersten Mission.

Im MyZeil nahm sie die große Rolltreppe nach oben. Wie praktisch für sie, dass Weschke im selben Fitnessstudio Mitglied war wie sie selbst. Zwar trainierte sie gewöhnlich in einer anderen Filiale, sie hatte aber auch hier Zutritt. So konnte sie ohne großes Aufheben dort erscheinen, wo Weschke um sechzehn Uhr den Termin mit einem Trainer hatte.

In der Umkleide traf sie drei Frauen an, die kurz darauf in der Dusche verschwanden. Sie zwängte sich in ihre Fitnessklamotten. Danach betrachtete sie sich prüfend im Spiegel. Ihre schwarzen Haare bändigte sie zu einem Pferdeschwanz. Der Gedanke an den bevorstehenden Auftritt verursachte ein Kitzeln im Bauch.

Mit einem unternehmungslustigen Lächeln lief sie auf den Ausgang zu, kam sogleich aber abrupt zum Stehen. Das Handy! Sie ging zurück zum Schließfach. Beinahe hätte sie ihr wichtigstes Requisit vergessen. Heute war das Smartphone noch wichtiger als die sündigen Klamotten.

Zufrieden spürte sie die aufmerksamen Blicke der Männer auf sich, als sie den Fitnessbereich betrat. Ohne Eile steuerte sie auf die Ergometer zu, ließ sich Zeit, den Raum nach Weschke abzusuchen. Neben einem Foto aus dem Internet hatte sie die Personenbeschreibung, die Olaf ihr gegeben hatte. Und sie wusste, dass Weschke um vier einen Termin hatte.

Ein Mann Mitte dreißig mit fleckigem Schweißband über der Stirn überließ ihr sein Ergometer. Sie überhörte, was er zu ihr sagte, und mimte die Unnahbare, während sie den Sattel auf ihre Höhe einstellte. Sie begann, in die Pedale zu treten, und blickte sich erneut in dem Fitnessraum um. Die meisten Männer sahen verstohlen zu ihr herüber. Nur wenige blickten sie offen an, als schienen sie auf die richtige Gelegenheit zu warten, sie anzusprechen. Es belustigte sie, dass es bloß hautenger Sportkleidung bedurfte, um Männer in solchen Aufruhr zu versetzen.

Ein gut gebauter junger Kerl sah mehrmals zu ihr herüber. Diskret, wie er augenscheinlich dachte, aber es war kaum zu übersehen. Dabei sprach er zur selben Zeit mit einem Mann. Anscheinend war der Junge ein Trainer. Wie es schien, wies er den anderen in eines der Foltergeräte ein, die die Rückenmuskulatur stärken sollten. Der andere Mann, dessen Gesicht sie nicht sah, war korpulent und um die fünfzig. Dann erblickte sie den Buckel aus grauen Haaren auf dem Hinterkopf des Älteren: Weschkes seltsamen Dutt, von dem Olaf ihr erzählt hatte. Sie hatte ihr Zielobjekt ausgemacht. Um dem Trainer keine falschen Signale zu senden, wandte sie den Kopf zur Seite und setzte ihren gleichgültigen Blick auf.

Es dauerte eine Weile, bis der Junge sich nicht mehr in der Nähe des korpulenten Mannes aufhielt. Während Weschke sich an dem Fitnessgerät abmühte, stieg Sara von ihrem Ergometer, ging auf Weschke zu und an ihm vorbei zu einem Gerät direkt gegenüber von ihm. Sie lächelte ihm zu, als sie die Gewichte einstellte. Er lächelte zurück und begann sogleich, seine Übungen energischer als zuvor auszuführen. Offenkundig versuchte er, sie zu beeindrucken.

Es war ein Glücksfall, dass sie das Gerät nutzen konnte, das genau in seiner Blickrichtung lag. Noch glücklicher war, dass es der Stärkung der unteren Rückenmuskulatur diente. Zum Trainieren musste man stehend und mit herausgestrecktem Po den Oberkörper in horizontale Stellung bringen und dann gegen ein Gewicht aufrichten. Manche Männer reagierten darauf, als schauten sie einen Porno, wenn sie diese Übungen machte.

Sie fragte sich, wo Weschke sein Smartphone hatte, vermutlich in der Sportasche, die neben ihm stand. In diesem Fall wäre sie nahe genug, um die Übertragung starten zu können. Sie schaltete auf ihrem Smartphone die Bluetooth-Funktion ein.

Weschke beobachtete sie erwartungsvoll, als sie ihr Handy neben das Fitnessgerät legte. Dann drehte sie sich um und begann mit ihren Übungen. Sie trainierte einige

Minuten lang an dem Gerät. Es war eine gute Idee gewesen, nur ein geringes Gewicht einzustellen, sonst wäre sie nun ausgepowert. Sie nahm ihr Handy vom Boden auf und drehte sich wieder in Weschkes Richtung. Der hatte den unsteten Blick eines Mannes, der in flagranti beim Spannen ertappt wurde.

»Diese Maschine ist nicht die richtige für mich«, sprach sie ihn an. Sie bemerkte, dass er sich bemühte, ein schmieriges Grinsen zu verbergen.

»Meine Maschine«, sagte er in fachmännischem Tonfall, »ist die Beste zur Stärkung der Rückenmuskulatur ...« Er dozierte weiter über die Vorzüge des Fitnessgeräts, während sie auf ihr Smartphone blickte. Die erhoffte Meldung, es hätte sich mit Weschkes Handy verbunden, wurde nicht angezeigt.

Er stand auf und bot ihr an, sich an das Gerät zu setzen. »Du solltest nicht gleich mit zu großen Gewichten beginnen ...«

Sie tat beeindruckt von so viel Expertise. Nachdem sie ihr Handy direkt neben seine Tasche gelegt hatte, drehte sie unter Weschkes aufmerksamem Blick ihren Oberkörper hin und her.

»Du hast ja einen Dutt«, sagte sie nach einer Weile, als wäre ihr das gerade erst aufgefallen. »Es gibt nicht viele Männer in deiner Generation, die sich das trauen.«

Weschke berührte eitel den Knubbel auf seinem Kopf. »Bei den Samurai war das eine gängige Haartracht«, sagte er gewichtig.

Sara erhob sich und zeigte sich begeistert, als sie das graue Haarknäuel betrachtete. »Ich muss dich unbedingt fotografieren.«

Für einen Moment blickte er sie irritiert an. Dann grinste er selbstgefällig. »Wenn ich auch ein Foto von dir machen darf?«

»Vielleicht.« Sie lächelte geheimnisvoll und nahm ihr Smartphone vom Boden auf. »Ich will dich nicht mit dem Handy fotografieren.«

Sie kam ihm so nahe, dass sie seinen Schweiß roch. Ihr entging nicht, dass er sehr bereitwillig den Duft ihres Körpers in sich aufnahm.

»Als Fotografin bin ich ständig offen für neue Erfahrungen.« Sie schaltete den Bildschirm an. Noch immer keine Meldung, dass ihr Handy mit dem von Weschke gekoppelt wäre. »Ich muss dich unbedingt in meinem Atelier haben.«

»Du hast ein Atelier?«

»Und ich bin immer auf der Suche nach Männern mit Ausstrahlung.«

»Welche Art Fotos machst du?«

»Mode, Porträts, auch Akt«, sagte sie. »Ich schicke dir meine Kontaktdaten.«

Weschkes Blick wanderte ihren Körper entlang. »Du gibst mir deine Handynummer?«

»So weit sind wir noch nicht. Ich schicke dir die Kontaktdaten des Ateliers. Per Bluetooth.«

»Wieso Bluetooth?«, entgegnete er überrascht. Allerdings hatte er bereits sein Smartphone in der Hand.

»Man findet uns nicht im Internet. Unser Atelier ist sehr exklusiv und nicht für jedermann.«

Beinahe hätte sie gelacht, als Weschke mit einem Nicken über den Bildschirm seines Handys wischte. Sofort darauf erschien auf ihrem die Nachricht, die Übertragung wäre gestartet worden. Wie einfach es doch war, Männer mit einem bisschen Popo-Wackeln auszutricksen.

Sie ließ sich Zeit, als sie vorgab, auf dem Smartphone die Kontaktdaten zu suchen. Nach wenigen Sekunden wurde die Nachricht angezeigt, Olafs Virus sei zu hundert Prozent übertragen worden. Am liebsten hätte sie einen Triumphschrei ausgestoßen.

Sie schickte Weschke den Kontakt eines angeblichen Ateliers mit Namen »Elite Indiskret«. Dass die Adresse die eines auf Hipsterbärte spezialisierten Friseursalons war, würde Weschke erst später merken.

Manche Männer waren wie kleine Kinder.

44

Olaf saß am Schreibtisch vor dem großen Monitor, als es passierte. Lange hatte er das Fenster mit den bunten Knöpfen angestarrt, bis endlich die erlösende Nachricht eintraf. Wie früher kündigte der Virus seine Nachrichten mit einem weihnachtlich anmutenden Dingeling an. Das klang kitschig, und obwohl Olaf immer wieder versucht hatte, einen anderen Ton einzustellen, war dem Virus dieses Glöckchen nicht abzugewöhnen: eines seiner vielen Geheimnisse.

»*Activated on SIGMARS-G10*« lautete die Nachricht, die Olaf aus seinem Stuhl fahren und im Triumph die Faust nach oben recken ließ. Sara hatte es geschafft! Er musste sie unbedingt fragen, wie genau, als Erstes aber sollte er seine neue Waffe gegen Weschke zum Einsatz bringen.

Im Konfigurationsprogramm klickte er jede Option an, die ihm vor den Mauszeiger kam. Der Virus würde Telefonate mitschneiden, heimlich filmen, Passwörter ausspionieren ... Und alles, was er erschnüffelte, würde er auf Olafs Server ablegen. Entschlossen klickte Olaf auf den Knopf, der den Virus umkonfigurieren und für Weschke die totale Überwachung bedeuten würde. Es dauerte einige Sekunden, bis ein erneutes Bimmeln bestätigte, dass der Virus seine Arbeit aufgenommen hatte.

Olaf war zu rastlos, um sich mit einer Erfolgsnachricht zufriedenzugeben. Er musste mit eigenen Augen sehen, was sich auf Weschkes Handy tat. Er klickte auf den Knopf mit der Aufschrift ›*Open Apps*‹. Bisher hatte er das nur zum Austesten auf seinem eigenen Smartphone getan, quasi unter Laborbedingungen. Nun startete er seinen ersten und vermutlich wichtigsten Feldversuch.

Auf dem Bildschirm erschien die Liste der Programme, die auf Weschkes Smartphone installiert waren. Wenn er wollte, könnte er ›*Phone*‹ auswählen und sich selbst anrufen. Er trieb sich aber nicht zum Spaß auf einem fremden Handy herum, auch wenn es in der Tat Spaß machte.

Er klickte auf ›Video‹. Gespannt sah er auf den dunklen Monitor, in dem sich langsam ein gepixeltes Bild formte. Als es schärfer wurde, erkannte er ein Bein. Es nahm den halben Bildschirm ein und steckte in einer dunklen Sporthose. Oben schien es übergangslos in ein Doppelkinn und das Gesicht eines schwitzenden Mannes zu münden, der sich dermaßen mit etwas abmühte, dass er Grimassen schnitt: Sigmar Weschke beim Fitness, von seinem eigenen Handy gefilmt, das neben ihm lag.

Olaf klatschte lachend in die Hände. *Es hat funktioniert!*

So musste sich Mister Armstrong gefühlt haben, als er aus der Mondlandefähre stieg.

Kurz darauf rief Gottfried an.

»Und? Hat es geklappt?«

»Und *wie*!«, antwortete Olaf. »Ich habe Weschke schon live und in Farbe beim Gewichte Stemmen gesehen.«

»Also funktioniert der Virus.«

»Ich weiß nicht, wie sie es fertiggebracht hat, aber Sara hat ihm das Ding untergejubelt.«

»Wahrscheinlich mit den appetitlich verpackten Waffen einer Frau.« Gottfried lachte hüstelnd. »Weschke wäre nicht der erste Mann, den Sara zu etwas Unvernünftigem animiert hat.«

Olaf ging nicht darauf ein. »Ich habe den Virus scharfgeschaltet. Er schickt mir alles, was technisch machbar ist.«

»Dann sieh zu, dass du mit den Informationen das Richtige tust. Immerhin wollen wir verhindern, dass ein Todeskommando vor deiner Tür auftaucht.«

Das flaue Gefühl von vorher kehrte zurück. »Das Wichtigste sind die Passwörter«, sagte Olaf. »Wenn alles gutgeht, bekomme ich sie gleich auf den Server geschickt.« Während des Telefonats hatte es bereits mehrmals gebimmelt. »Vielleicht sind sie sogar schon da. Ich muss Schluss machen.«

Er drückte Gottfried weg und widmete sich wieder dem Virus. Vier Nachrichten hatte der bereits geschickt. Die erste enthielt die erhofften Passwörter. Weschke nutzte fünf Facebook-Konten, ferner gab es Passwörter zu drei Blogs und zwei E-Mail-Konten. Was es mit den anderen Passwörtern auf sich hatte, wollte Olaf sich für einen späteren Zeitpunkt aufsparen.

Der Virus zeigte ihm an, dass Weschke noch im Fitnessstudio war. Er musste die Gelegenheit nutzen. Er nahm sich das erste Facebook-Konto vor. Die SMS, die Weschke bei einem Login-Versuch von einem fremden Gerät erhalten sollte, landete wie vorgesehen auf Olafs Rechner. Daraus kopierte er den Sicherheits-Code, um das Konto für seinen Laptop freizuschalten. Weschke hätte nur dann eine Chance, den Login zu bemerken, wenn er gerade jetzt in genau diesem Konto aktiv wäre. Da er aber im Fitnessstudio trainierte, war das sehr unwahrscheinlich.

Als die Startseite mit den rassistischen Ungeheuerlichkeiten erschien, die Facebook für Weschkes Nutzerkonto zusammenstellte, wusste Olaf, dass er erfolgreich eingeloggt war. Er wiederholte das ganze Prozedere mit den anderen Facebook-Konten. Weiter ging es mit den Blogs. Für die hatte Weschke keine speziellen Sicherheitsfunktionen eingestellt. Olaf konnte sich in alle drei Blog-Konten problemlos mit Nutzername und Passwort einloggen. Genauso verhielt es sich mit den beiden E-Mail-Konten.

Erleichtert stieß er die Luft aus. Nun hatte er Weschke richtig am Haken. Konnte noch irgendetwas schiefgehen? Kurz überlegte er, ob er jetzt die Passwörter ändern sollte. Dann würde Weschke aber bemerken, dass etwas nicht stimmte, sobald er sich in eines seiner Konten einzuloggen versuchte. Für den Moment war es ausreichend, Zugang zu ihnen zu haben.

Olaf zuckte zusammen, als es mehrere Male hintereinander bimmelte. Das Konfiguratorfenster des Virus machte sich auf dem Bildschirm breit. Vier neue Nachrichten, frisch von Weschkes Handy.

Olaf öffnete die erste. Es war eine WhatsApp-Nachricht an einen Jörg Neuhaus. »Neue Kampagne um 20 Uhr.« Damit war bestimmt der Upload eines Artikels gemeint, in dem Olaf als widerlicher Kinderschänder in Szene gesetzt würde. Vermutlich sollte dieser Jörg Neuhaus den Artikel ab zwanzig Uhr liken, kommentieren und womöglich teilen. Das musste Olaf um jeden Preis verhindern.

Die nächste Nachricht des Virus führte Olaf zu einem Video, das sechs Minuten zuvor aufgenommen worden war. Er rollte entsetzt mit dem Stuhl zurück, als er die Szenerie erkannte: Weschke auf dem Klo! Wie es schien, hatte er das Handy neben die Schüssel gelegt. Als Weschke sich an der Klopapierrolle zu schaffen machte und sich anschickte aufzustehen, drückte Olaf entschlossen das Fenster weg. Einige seiner Geheimnisse sollte Weschke für sich behalten.

Olaf öffnete eine weitere Nachricht. Die Chronik von Weschkes Webbrowser: alle Webseiten, die er auf seinem Handy aufgerufen hatte. Es gab so unendlich viel auszuwerten!

Gottfried stellte den Teller zurück auf das Tablett. Das Abendessen war schon wieder ungenießbar. Er trank den Tee aus und ließ sich aufs Bett fallen. Es war höchste Zeit, dass er aus diesem Krankenhaus rauskam.

Mit einem Seufzen richtete er sich auf und nahm das Handy zur Hand.

Mal sehen, was sich bei den Rettern des Abendlandes so tut.

Er loggte sich in das Konto ein, das Ashwini für ihre Recherchen nutzte.

Der Algorithmus legte ihm einen dringenden Besuch der Gruppen »Die Wahrheit über den Volksaustausch« und

»Verbrechen der Antifa« ans Herz. Die Timeline war mit haarsträubenden Posts von Sympathisanten der DfD gefüllt. Erstaunlich, was Facebook ihm als Empfehlungen ausspielte.

Er hielt sich mit dem Zeug nicht lange auf. Stattdessen steuerte er die geheime Gruppe mit dem Artikel an, die zu dem Mord an Yousef geführt hatte. Er blätterte durch wirres Zeug: »Massenvergewaltigung«, »Umvolkung«, »Deutschland verteidigen«. Wenn man so was häufig genug sah, gewöhnte man sich daran, dachte er kopfschüttelnd. Es war gut zu wissen, dass bald ein Staatsanwalt das gesamte Material sichten würde.

Olaf und sein Virus. Es wäre ihm lieber gewesen, wenn er dieses teuflische Ding niemals programmiert hätte. Jetzt allerdings war er die einzige Möglichkeit für Olaf, den Kopf aus der Schlinge zu ziehen.

Gottfried blätterte nach oben, zu den neuesten Artikeln der Gruppe. Gerade hatte ein Nutzer etwas Neues gepostet. »Achtung! Kinderschänder in Bornheim!«

Ihm verschlug es den Atem, als er auf dem Foto den Mann erkannte, der hinter den gefesselten Kindern stand.

Verdammt, es war zu spät!

45

»Weschke hat einen Artikel über dich ins Netzt gestellt!« Gottfried übersprang die Begrüßung.

»Den wollte er doch erst um acht hochladen«, sagte Olaf. Er setzte das Headset auf.

»Ich habe ihn auf Facebook gesehen«, rief Gottfried. »Schau ihn dir an. Er ist genauso aufgebaut wie die anderen, die zu den Morden geführt haben. Du bist auf einem grässlichen Foto zu sehen, und es ist deine vollständige Adresse angegeben.«

Olaf fuhr der Schreck in die Glieder. »Seit wann?«

»Seit acht Minuten. In dieser Facebook-Gruppe ›Muslimischer Kindesmissbrauch in Frankfurt am Main‹.«

»Gibt es bereits Likes und Kommentare?«

»Zwei Kommentare. Olaf, der Artikel ist bereits in der Welt. Du musst untertauchen!«, sagte Gottfried eindringlich.

Olaf stieß ein freudloses Lachen aus. »Untertauchen? Wohin soll ich denn gehen?«

»Besuch Freunde, mach Urlaub oder sonst was.«

»Und was ist mit Tobias? Der ist genauso in Gefahr wie ich«, entgegnete Olaf.

»Dann nimm ihn mit. Aber bleib nicht zu Hause. Deine Wohnung ist nämlich«, Gottfried zögerte einen Moment, »eine Art Auktionshaus, in der deutsche Kinder an Moslems versteigert werden.«

Olaf schluckte. Man konnte Weschke keinen Mangel an Fantasie vorwerfen. Mittlerweile hatte Olaf sich zu der Facebook-Gruppe durchgeklickt. Das Foto zeigte ihn zusammen mit kleinen Mädchen, die Handschellen trugen. Wahrscheinlich stammte das hineinkopierte Gesicht von den Fotos, die Weschke am Ende ihres Treffens gemacht hatte. In dem Kontext des Bildes wirkte sein spöttischer Gesichtsausdruck geradezu diabolisch. Er sparte sich den Artikel und überflog die feindseligen Kommentare.

»Warte nicht, bis ein Erschießungskommando vor deiner Tür steht«, hörte er Gottfried sagen. »Du könntest nach San Francisco fliegen. Ich werde nächste Woche dort sein. Anschließend fahren wir mit Phil für ein paar Tage nach San Diego.«

»Du bleibst mit deinem Krebs im Lande«, brummte Olaf. Er war nun auf dem Blog, von dem der Artikel in die Facebook-Gruppe geteilt worden war. Schnell hatte er Nutzername und Passwort eingegeben. »Ich lösch' den ganzen Rotz einfach.«

»Aber geht das jetzt noch?«, wandte Gottfried ein. »Der Artikel ist doch bereits online.«

Das Einloggen hatte ohne Probleme funktioniert. Blöderweise waren die Funktionen des Administrator-Bereichs sehr umständlich und schwer zu durchschauen. Olaf würde Minuten brauchen, herauszufinden wie man den Artikel löschen konnte.

»Gerade hat jemand einen weiteren Kommentar geschrieben«, rief Gottfried.

»Ja, wahrscheinlich ›Hängt sie auf, die Sau‹ oder etwas in der Art«, brummte Olaf. Er hatte sich durch das sperrige Menü gearbeitet und endlich den Knopf freigelegt, mit dem er den Artikel löschen konnte. Energisch klickte er auf den Knopf.

»Wollen Sie diesen Artikel wirklich löschen?«, wurde er im nächsten Fenster gefragt.

»Auf jeden Fall!«, stöhnte Olaf und klickte erneut.

»Artikel gelöscht.« Die ersehnte Meldung.

Olaf aktualisierte das Browserfenster mit Weschkes Artikel und bekam eine Fehlerseite angezeigt. Er ließ sich in den Stuhl zurückfallen. »Ich habe das Machwerk gelöscht«, sagte er ins Telefon.

»Ich kann es aber noch sehen«, kam von Gottfried zurück.

»Dann aktualisier die Seite. Auf dem Blog existiert der Artikel nicht mehr.«

»Okay, ich versuche es.« Es dauerte einige Sekunden, bis Gottfried sagte: »Der Artikel ist in der Gruppe noch immer zu sehen. Und jemand hat einen neuen Kommentar geschrieben«, rief er.

»Ich dachte, das würde klappen.« Olaf versuchte, einen klaren Gedanken zu fassen. Kopierte Facebook geteilte Artikel etwa? Er dachte, sie würden bloß verlinkt. Sicher war er sich aber nicht. Gewiss war nur, dass Weschkes Artikel noch immer in der Gruppe zu sehen war, das schlimme Foto, der schlimme Text und seine Adresse.

»Ich habe nochmal die Seite aktualisiert, und der Artikel ist nach wie vor sichtbar«, hörte er Gottfried mit Nachdruck sagen.

Olaf war inzwischen als Jörg Hoffmann bei Facebook eingeloggt, dem Nutzernamen, unter dem der Artikel geteilt worden war. Es dauerte nur wenige Sekunden, den Facebook-Post zu löschen.

»Versuch es jetzt nochmal!«

»Warte, ich aktualisiere die Seite«, sagte Gottfried. »Ich sehe den Artikel noch«, kam nach kurzer Zeit zurück. »Das funktioniert nicht!«

Olaf spürte Panik aufsteigen. Wie konnte das sein? »Der Browser-Cache!«

»Der was?«

»Dein Browser hat die Seite noch im Cache: Er hat die alte Seite gepuffert und zeigt die an, anstelle der neuen.« Er erklärte Gottfried, was er tun musste, um den Cache zu löschen.

»Und? Klappt es?«

»Ich habe die Seite jetzt neu geladen, und der Artikel ist weg.« Gottfried klang erleichtert.

»Für dich ist er weg, für andere vielleicht nicht.«

»Nicht gut«, sagte Gottfried.

»Aber auch für die verschwindet der Artikel bald. Und sie werden einen Fehler bekommen, wenn sie ihn liken, kommentieren oder teilen wollen.«

»Der Artikel bleibt also noch eine Weile sichtbar? Mit deiner Adresse?«

»Das kann sein. Ich muss jetzt dafür sorgen, dass Weschke den Artikel nicht neu hochladen kann. Ich lege auf.«

Olaf änderte das Passwort des Facebook-Kontos. Danach änderte er es für den Blog. Er atmete kurz durch, dann nahm er sich die beiden anderen Blogs vor, änderte auch hier die Passwörter und tat anschließend das Gleiche mit den verbliebenen Facebook-Konten. Als er damit fertig war, bemerkte er, dass seine Finger zitterten, ganz leicht, aber unübersehbar. Er hatte sich gerade das Leben gerettet.

Olaf sprang vom Stuhl auf und ging zum Fenster. Sein Hirn war zu beschäftigt, um aufzunehmen, was sich auf der Straße unter ihm tat. War die Sache tatsächlich ausgestanden? Wie würde Weschke reagieren, wenn er bemerkte, was passiert war? Er könnte den Artikel einfach woanders hochladen. Zudem lief Olafs Virus bloß auf dem Handy. Was, wenn Weschke von einem anderen Gerät aus, etwa seinem Laptop, den Artikel auf einen Blog stellte, für den Olaf kein Passwort hatte? In einem solchen Fall würde er die Verbreitung des Artikels nicht verhindern können.

Er setzte sich zurück an den Schreibtisch, öffnete das Virusfenster und rief den aktuellen Standort des Smartphones auf. Weschke war in einem Supermarkt. Wahrscheinlich kaufte er sein Abendessen ein und hatte noch nichts von Olafs Aktivitäten bemerkt.

Olaf schaltete die Kamera auf dem fremden Handy ein. Das Bild blieb schwarz. Vermutlich war das Smartphone in einer Jackentasche. Durchsagen zu Sonderangeboten, die dumpf aus dem Lautsprecher tönten, ließen allerdings keinen Zweifel daran, dass Weschke sich tatsächlich in einem Supermarkt befand. Gewiss hatte er den Artikel nicht von unterwegs hochgeladen. Wie es schien, hatte er das erledigt, bevor er zum Fitnessstudio aufgebrochen war, und die Zeit, zu der er veröffentlicht werden sollte, voreingestellt.

Olaf begann, in seinem Bürozimmer herumzutigern. Dann trieb es ihn in die Küche, wo er einen Kaffee aufsetzte. Eigentlich wollte er keinen, aber er wusste, dass ihn das entspannen würde.

Er musste den Virus dazu bringen, auch Weschkes Laptop zu infizieren. Er hatte bereits eine Idee, mit der er das umsetzen könnte. Allerdings würde das etliche Tage Arbeit bedeuten. So viel Zeit hatte er nicht.

Irgendwie musste er Weschke davon abhalten, ins Internet zu gehen, notfalls mit Gewalt. Vielleicht war das die einzige Option, die er zur Verfügung hatte. Wegen des Virus wusste er immer Bescheid, wo genau sich Weschke aufhielt und was er gerade tat. Diesen Vorteil könnte er ausspielen, um ihn zu überwältigen. Dann würde er ihn in seiner Wohnung gefangen halten …

Aber das war alles kompletter Unsinn! Sollte er Weschke gefesselt und geknebelt im Abstellraum einsperren? Und für wie lange?

Es blieb ihm nur eine einzige Option. Er musste Weschke heute, genau jetzt, anzeigen und hoffen, dass er sofort in Haft genommen würde. Dann könnte er nicht ins Internet und keinen Artikel hochladen. Aber reichten die Informationen, die Olaf sichergestellt hatte, überhaupt für eine Verhaftung aus, geschweige denn für eine Mordanklage? Vermutlich käme Weschke mit einer milden Geldstrafe davon.

In Olafs Gedankenkarussell sickerte eine einschmeichelnde Melodie: ›Smooth Operator‹.

»Guten Abend, Herr Privatdetektiv.« Wie so oft schien Sara ins Telefon zu hauchen. »Funktioniert der Virus?«

Olaf fasste sein Dilemma in wenigen Worten zusammen.

»Dann musst du untertauchen«, sagte sie bestimmt.

»So weit war ich auch schon, nur wo soll ich hin?«

»Ich kann ein Romantikwochenende bei mir in Kronberg anbieten«, sagte sie.

»Klingt verlockend, aber ich fürchte um mein Leben«, entgegnete Olaf. »Das ist nicht gerade romantisch. Ich brauche eine Idee, wie ich aus dieser Nummer rauskomme.«

»Süß, dass du nicht selbst darauf kommst: Du musst ihn natürlich mit seinen eigenen Waffen schlagen.«

46

Olaf legte auf und starrte ins Leere. Wieso war er nicht selbst darauf gekommen? Die Dinge konnten so einfach sein. Er war in Gedanken darüber versunken, wie er Saras Idee am schnellsten umsetzen könnte, als ihn ein neuerliches Bimmeln des Virus auffahren ließ.

»*Activated on DESKTOP-1441H33*«, lautete die Nachricht. Was sollte das nun wieder heißen? Olaf starrte überrascht auf den Bildschirm. Rasch klickte er in dem Konfigurator herum. Unter ›*Open Apps*‹ wurden dieselben Programme aufgelistet, die er auch zuvor gesehen hatte. Nichts hatte sich verändert, so schien es jedenfalls. Was konnte diese Nachricht bedeuten?

Mit erneutem Bimmeln wurde eine weitere Nachricht angekündigt. Diesmal schickte der Virus eine Datei, die den Verlauf des Webbrowsers ›Microsoft Edge‹ enthielt. Woher kamen diese Daten?

Jetzt entdeckte Olaf die bunte Schaltfläche links oben im Konfigurationsprogramm. Bisher war an dieser Stelle nur ein Textfeld zu sehen gewesen mit dem Systemnamen des Handys, auf dem der Virus lief. Olaf hatte sich nie veranlasst gefühlt, darauf zu klicken. Nun öffnete sich ein Menü, wenn er es tat.

Wieder einer dieser Alleingänge des Virus.

»*Switch to DESKTOP-1441H33*«, wurde angezeigt. Der Inhalt des Fensters veränderte sich, als Olaf die Option auswählte. Es war mehr als klar, dass Eigenschaften eines PC oder Laptops angezeigt wurden: Windows-10-Parameter, Einstellungen für Powerpoint, Word und Photoshop. Der Knopf ›*Open Apps*‹ befand sich an der gewohnten Stelle. Ohne zu zögern, klickte Olaf darauf, wählte ›Video‹ aus und blickte gespannt auf den Bildschirm.

Innerhalb weniger Sekunden manifestierte sich ein Gesicht. Die untere Partie war unnatürlich in die Länge gezogen. Wie es schien, saß Weschke direkt vor seiner Kamera. Das dickliche Gesicht wirkte verkrampft.

»So eine Scheiße!«, stieß er aus.

Sein Kopf zuckte entschlossen mit jedem Tastendruck, der von einer unsichtbaren Tastatur zu vernehmen war. In der Stimme lag ungläubige Wut.

»Und *der* User geht auch nicht!« Olaf konnte deutlich das Schimmern von Schweiß auf dem Gesicht sehen. »Der *auch* nicht!«

Das Gesicht war gerötet. Weiter klackerte die Tastatur. Weschke schien es nun mit dem nächsten Nutzerkonto zu versuchen. »Das ist doch Sabotage!«, schrie er kurz darauf. Nun war beides, Aggression und Angst herauszuhören.

Olaf fühlte, dass sich sein Körper entspannte. War er schadenfroh? Auf jeden Fall tat es ihm gut, diesem niederträchtigen Menschen bei seiner Niederlage zuzusehen. Er lehnte sich zurück. Hinter Weschkes Kopf erkannte er eines der schmuddeligen Regale und weitere Details aus dessen Arbeitszimmer. Nur wenige Stunden zuvor hatte er dort gesessen, bis er rüde hinausgeworfen worden war.

Die plötzliche Stille riss ihn aus seinen Gedanken. Das Klackern der Tastatur war abrupt verstummt. Er sah, wie Weschkes Gesicht sich entkrampfte und sein Mund ein böses Grinsen annahm.

»Jetzt mach' ich dich fertig.« Die Stimme aus dem Lautsprecher klang wie ein bösartiges Zischen.

47

Das Handy spielte ›The Passenger‹.

»Der Artikel wurde wieder hochgeladen!«, rief Gottfried heftig ins Telefon. »Alles was du versuchst, funktioniert nicht.« Er klang beinahe panisch.

»Wo?« Olaf gab sich Mühe, gelassen zu wirken.

»In derselben Gruppe wie vorher, ›Alle Moslems sind böse‹ oder wie die heißt.«

»Ich lösch' den Scheißdreck.« Olaf hatte das Browserfenster noch offen und sah den Post sofort. Wieder die gefangenen Kinder, wieder sein zynisches Gesicht, wieder der Text und seine Adresse. Das Blut schoss ihm in den Kopf, als er den Namen des Facebook-Nutzers sah, der den Artikel geteilt hatte. Er kannte diesen Nutzer nicht, und er kannte das Passwort nicht.

»Du musst aus der Wohnung verschwinden«, hörte er Gottfried sagen. »Diese Leute kennen deine Adresse.«

Er klickte auf das Foto und landete auf dem Blog, der eigentlichen Quelle des Artikels, von wo aus er auf Facebook geteilt worden war: »Deutsche wehren sich«. Diesen Blog sah er zum ersten Mal. Und er hatte keine Zugangsdaten dazu.

»Olaf, bist du noch dran?«

In der Facebook-Gruppe gab es einen ersten Kommentar: »Das Schwein gehört aufgehängt!«

»Du musst zusehen, dass du für eine Weile verschwindest!«

Gottfried nervte. So konnte man keinen klaren Gedanken fassen.

»Ich probiere noch was aus.« Er drückte Gottfried weg.

Er hatte noch das Fenster mit dem Live-Bild von Weschkes Kamera offen. Als er die Lautstärke hochdrehte, hörte er das Klappern seiner Tastatur: Weschke saß am Laptop und war konzentriert mit etwas beschäftigt.

Olaf klickte im Konfigurator auf ›*Hijack*‹. Er wusste nicht wirklich, ob es funktionieren würde, bisher hatte er die Funktion ausschließlich auf einem Handy getestet, nie auf einem Computer.

Es dauerte nur wenige Sekunden, bis auf dem Bildschirm angezeigt wurde, was Weschke auf seinem sah.

»Das Schwein bei der Polizei anzuzeigen, bringt nichts.« Olaf erkannte das Kommentarfeld von Facebook. Weschke gab gerade Text ein. »Das geht nach hinten los. Die stecken ja mit denen unter einer Decke.« Weschke kommentierte seinen eigenen Post. »Das Schwein wird immer weiter Kinder quälen, wenn wir dem kein Ende bereiten.«

Olaf stellte fest, dass Weschke unter einem anderen Konto eingeloggt war als zuvor. Dieser Kotzbrocken wollte den Eindruck erwecken, jemand Fremdes antwortete auf den geteilten Artikel.

Vorsichtig fasste Olaf die Maus an und bewegte sie ein winziges Stück. Tatsächlich begann der kleine Pfeil auf Weschkes Desktop zu wandern. Erschrocken spreizte Olaf die Finger weg, als das stetige Klappern der Tastatur plötzlich abbrach.

Gespannt starrte Olaf auf den Bildschirm. Mehrere Buchstaben waren in der falschen Zeile des Textfensters gelandet, dort wo Olaf den Mauszeiger hingezogen hatte. Für einige Sekunden passierte nichts. Dann verschwanden die falsch gesetzten Buchstaben, und aus dem Lautsprecher klang wieder das Klappern der Tastatur.

»… war im Jahr 2015 zum Islam konvertiert, weil er wusste, dass er als Moslem ungestraft Kinder missbrauchen kann …« Weschke hatte erneut die Kennung gewechselt. Im Augenblick schrieb er einen Kommentar mit der Identität des Nutzers, der den Artikel geteilt hatte. »… werden muslimische Kinderschänder von der Polizei gedeckt …«

Olaf hatte die Leertaste gedrückt. Es war Glück, dass dadurch kein Wort auseinandergerissen worden, sondern bloß ein größerer Abstand zwischen zwei Wörtern entstanden war. Nun wusste er, dass er auch die Kontrolle über die Tastatur des Computers hatte. Weschke hatte sie aber ebenfalls. Und die Passwörter, die Olaf fehlten. Er musste ihn überraschen. Würde er misstrauisch, könnte Weschke den Laptop einfach herunterfahren.

In diesem Augenblick wechselte Weschke zu einem anderen Fenster. Es war der Blog, auf dem er den Artikel veröffentlicht hatte. Und Weschke war als Administrator eingeloggt. Olafs Herzschlag beschleunigte sich. Rasch nahm er das Handy. Er wählte Weschkes Nummer. Es dauerte einige Sekunden, bis ein dumpfer Klingelton aus dem Lautsprecher zu vernehmen war. Dann sah Olaf, wie Weschke sich erhob und aus dem Blickfeld der Kamera verschwand.

48

Das Rippchen mit Kraut verströmte den Geruch einer besseren Welt. Karin platzierte den Brotkorb neben den Teller und das Senftöpfchen. »Lass dir's schmecken.«

Olaf nahm einen Schluck von seinem Sauergespritzten und bewaffnete sich mit dem Besteck. »*Sure you do not want to order something?*«, sagte er zu Mateu, der ihm am Tisch gegenübersaß.

»Ich bin nur für ein schnelles Glas Wein gekommen«, antwortete er auf Englisch. »Meine Frau kocht heute Abendessen.«

»Was leckeres Katalanisches?«

Mateu grinste. »Schnitzel mit Pommes Frites aus der Tiefkühltruhe.«

»Ihr werdet von Tag zu Tag deutscher.« Olaf nickte Günther zu, der sich am Tresen mit anderen Gästen unterhielt. »Was ist mit deinen Kollegen? Haben die keine Lust mehr auf After Work im ›Krummen Hund‹?«

»Ich denke, ein Abend mit den ›Eingeborenen‹ war denen fürs Erste authentisch genug. Irgendwann werde ich sie nochmal mitbringen. Am Montag gehen wir in eine angesagte Bar im Bankenviertel.« Mateu trank sein Glas aus. »Ich weiß eine Kneipe in der Nachbarschaft zu schätzen, wo ich gemütlich einen Wein trinken kann.«

»Eines Tages schaffst du auch ein Rippchen mit Kraut«, sagte Olaf grinsend.

Mateu zog eine Grimasse und verabschiedete sich. Am Tresen wechselte er ein paar Worte mit Günther. Beide brachen über einen Witz, den Olaf nicht hören konnte, in brüllendes Lachen aus. Dann boxten sie sich wie Halbwüchsige gegenseitig an die Schultern, bevor Mateu schließlich die Kneipe verließ.

Da haben sich zwei gefunden ...

Olaf säbelte bereits am Knochen herum, als Gottfried zur Tür hereinkam. Von seiner aktuell schlechten Verfassung einmal abgesehen, wirkte er wie aus dem Ei gepellt.

»Gottfried, wieso trägst du Anzug und Krawatte? Du bist doch nicht etwa auf dem Weg zu einer Dienstreise.«

»Keine Sorge.« Gottfried ließ sich auf dem Stuhl nieder, auf dem zuvor Mateu gesessen hatte. »Ich wollte bloß etwas Anderes an mir spüren als einen Schlafanzug.«

»Und den Bart hast du dir auch gestutzt.« Olaf betrachtete sein Gegenüber prüfend. »Ich hoffe, du wirst dich nicht morgen auch noch liften lassen!«

Gottfried schüttelte grinsend den Kopf. »Statt Späßchen zu reißen, solltest du mir lieber erzählen, wie es mit dir und Weschke weitergeht. Bist du nun wirklich in Sicherheit?«

Olaf nahm das Smartphone in die Hand. »Ich zeig dir was.« Er hielt es so, dass beide auf den Bildschirm schauen konnten. »Hier siehst du die Facebook-Gruppe, in der Weschke den Artikel über mich gepostet hat.«

Gottfried kramte die Lesebrille aus der Jackettasche und setzte sie auf. »›Wir kriegen das Schwein‹«, las er mit gedämpfter Stimme vor.

»Das ist der aktuellste Kommentar«, sagte Olaf. »Und hier kommt der, den ich zuletzt geschrieben habe, in der Rolle als Dieter Busch, einem der Konten, die Weschke auf Facebook nutzt – oder besser, genutzt *hat.*«

»›Der Kinderschänder ist auf dem Weg in den Vogelsberg‹«, las Gottfried vor. »›Dort wird er sich mit Ibrahim Smyrnof treffen, dem berüchtigten Kinderhändler aus Usbekistan, um den Kaufpreis für fünfhundert deutsche Kinder auszuhandeln.‹«

Gottfried zog eine Augenbraue hoch. »Wer ist Ibrahim Smyrnof?« Er schien keine Antwort zu erwarten. »›Wir sollten ihm einen entsprechenden Empfang bereiten, wenn er in Herbstein ankommt‹«, las er weiter, »›damit er und seine muslimischen Komplizen nicht noch mehr unserer Kinder schänden. Weschke ist mit einem silbergrauen Mercedes GLA unterwegs. Das Kennzeichen ist F ...«

Gottfried schüttelte entgeistert den Kopf. »Ist das tatsächlich das Kennzeichen von Weschkes Wagen?«

»Natürlich, ich verbreite im Internet doch keine Lügen«, sagte Olaf ironisch. »Weschke ist auf der Flucht«, erklärte er. »Gestern hat er Hals über Kopf sein Haus verlassen und ist nun in seinem Wochenendhaus im Vogelsberg.«

»Und das weißt du alles von deinem Virus?«

Olaf nickte. »Ich sehe, was Weschke in sein Navi eingibt und tracke seine Route. Ich bekomme auch alles mit, was er auf sein Handy geschickt bekommt.«

»Und dann gibst du die Informationen an die Meute auf Facebook weiter, garniert mit diesen ungeheuerlichen Geschichten.«

»Zuvor habe ich den Artikel, den er über mich ins Netz gestellt hat, auf ihn umgeschrieben, habe ein Bild von ihm in das Foto montiert, im Text meinen Namen durch seinen ersetzt und dasselbe mit der Adresse getan.«

»Du wendest also dieselben Waffen an, die Weschke gegen dich verwendet hat.«

»Und gegen Yousef und Toprak. Wer weiß, gegen wen noch, von denen wir nichts wissen.«

»Und du glaubst, Weschke lässt sich das alles gefallen, ohne sich zu wehren?«, wandte Gottfried ein.

»Du meinst, er könnte Kommentare schreiben, in denen er den Sachverhalt klarstellt?«, sagte Olaf ironisch. »Das würde ihm diese aufgestachelte Meute nicht glauben. Außerdem hat er kein Facebook-Konto mehr, mit dem er Kommentare posten könnte. Legt er ein neues an, bekomme ich das Passwort mit und ändere es sofort. Außerdem würde ich ihn damit nicht in die Facebook-Gruppe reinlassen, da bin ich mittlerweile nämlich Administrator. Weschke wurde aller Waffen beraubt: Er hat keines seiner Facebook-Konten mehr und er kommt nicht an seine Blogs ran.«

»Ich will nicht wissen, wie du das fertiggebracht hast.« Gottfried strich sich über den weißen Bart. »Was aber, wenn Weschke sich ein neues Handy besorgt oder einen anderen Rechner benutzt? Dann könnte er dir wieder gefährlich werden.«

»Weschke ist komplett verseucht. Der Virus breitet sich auf alle Geräte aus, die mit einem infizierten verbunden werden. Er nistet sich sogar in jedes WLAN ein, das Weschke verwendet.«

Das war wieder so eine Eigenschaft des Virus, die Olaf sich nicht erklären konnte.

Gottfried musterte ihn mit alarmiertem Gesichtsausdruck. »Das heißt, in einem WLAN, in dem Weschke eingeloggt war, wird jedes Gerät infiziert – Handys und Laptops irgendwelcher Leute, die mit Weschke überhaupt nichts zu tun haben.«

»Das kann ich natürlich wieder rückgängig machen«, sagte Olaf beschwichtigend.

»Ich hoffe, du infizierst nicht die ganze Republik mit dem Ding.« Gottfried nippte an seiner Apfelschorle. »Und was ist, wenn es ihm gelingt, trotz allem einen neuen Blog anzulegen?«

»Mit einem neuen Blog wäre er zunächst völlig unbekannt in der Szene. Ihm würde die Glaubwürdigkeit fehlen, so blöde sich das auch anhören mag, und nur wenige würden ihm folgen.«

»Na, hoffentlich stimmt das«, warf Gottfried ein.

»Und wie es scheint, sind seine übelsten Blogs nicht an sein rechtes Netzwerk angeschlossen. Jedenfalls nicht die, über die er Anschuldigungen mit konkreten Namen und Adressen verbreitet. Nur für seine offiziellen Konten erhält er gefakte Likes und Kommentare aus dem rechten Netzwerk. Die anderen Blogs sind sogar dem gemeinen Rechten zu heiß. Es würde also praktisch niemand Artikel auf einem neuen Blog teilen oder liken.«

»Er hat keine Freunde«, sagte Gottfried.

»Keine wirklichen«, bestätigte Olaf. »Zwar hat er diese WhatsApp verschickt, ›Neue Kampagne heute um 20 Uhr‹, aber seitdem gab es keine weiteren Nachrichten an oder von dieser Adresse.«

»Wegen dieser Nachricht hattest du angenommen, der Artikel über dich sollte um zwanzig Uhr hochgeladen werden, aber das geschah dann viel früher.« Gottfried blickte irritiert auf Olafs Handy, als das mehrmals hintereinander ein weihnachtliches Bimmeln von sich gab.

»Aha, er ist losgefahren«, sagte Olaf.

»Und du weißt natürlich, wohin.«

Weschke hatte das Hotelzimmer in Danzig bereits am Vorabend gebucht. Nun hatte er die Adresse ins Navi eingegeben und war gestartet.

»Willst du ihn mal live sehen?«, sagte Olaf mit breitem Grinsen. Er hielt das Handy so, dass sie gemeinsam das Video anschauen konnten. Es zeigte Weschke am Steuer seines Autos. Wie es schien, war sein Smartphone an der Konsole des Fahrzeugs angebracht, sodass man sein Gesicht beobachten konnte. Sein Blick wirkte eher unstet als konzentriert auf den Verkehr gerichtet. Deutlich waren Anflüge von Angst in seinen Zügen zu erkennen.

Gottfried schüttelte den Kopf. »Das geht mir zu weit.«

»Wegen diesem Kotzbrocken sind Leute umgebracht worden. Vergiss das nicht!«

»Das ist schlimmer als bei George Orwells ›1984‹«, beharrte Gottfried. »Ich will solche Videos nicht sehen, auch wenn sie von Weschke sind. Ich dachte er wäre im Vogelberg. Was will er jetzt in Polen?«

»Vielleicht denkt er, im Ausland wäre er sicherer.«

»Das stimmt ja auch. In der Facebook-Gruppe lesen bloß Deutsche mit.«

»Stramme Deutsche. Mal sehen, was man daraus machen kann.«

Olaf begann, einen Kommentar zu tippen. »Weschke ist nun auf dem Weg nach Polen. Gerade hat er mit Ibrahim Smyrnof über den Preis für fünfhundert kleine Mädchen geschachert. In Danzig trifft er sich mit ... – Gottfried, sag mal einen arabisch klingenden Namen!«

Gottfried hatte vom Bildschirm mitgelesen und grinste schief. »Hadschi Halef Omar Ben Hadschi Abul Abas Ibn Hadschi ...«

»Nicht Karl May. Einen richtigen Namen«, sagte Olaf. »Nehmen wir einfach Abul Abas. Also … In Danzig trifft er sich«, schrieb er weiter, »mit Abul Abas, dem Clanchef einer syrischen Großfamilie. Merkel hatte 2015 den polnischen Staat gezwungen, Abul Abas und seinen 50-köpfigen Clan als Asylanten aufzunehmen. Abul Abas dankte es seinen Gastgebern damit, dass er in Polen einen Pädophilenring gründete, der dem von Weschke an Grausamkeit in nichts nachsteht. Weschke verhandelt mit Abul Abas über einen regelmäßigen Austausch von Kindersklaven, um den Muslimen in beiden Ländern so viel Abwechslung wie möglich zu bieten. Zu diesem Zweck soll für jedes Kind ein Leasingvertrag abgeschlossen werden ...«

»Du hast doch nicht mehr alle Tassen im Schrank!«, zischte Gottfried. »Wie kommst du überhaupt auf solche Ideen?«

»Das habe ich irgendwo im Internet gelesen«, sagte Olaf grinsend. »Lasst uns dafür sorgen«, tippte er weiter, »dass dieses Ungeheuer seine Pläne nicht in die Tat umsetzen kann.«

»Schick das nicht ab!«, sagte Gottfried bestimmt.

»Ich muss das machen, um Weschke weiter unter Druck zu setzen«, entgegnete Olaf überrascht.

»Nicht so. Du erzählst die gleichen Geschichten wie diese rechtsradikalen Idioten.«

»Aber in der Facebook-Gruppe trete ich als rechtsradikaler Idiot auf, dann muss ich mich auch wie einer verhalten, um glaubwürdig zu sein.«

»Dagegen ist nichts einzuwenden«, räumte Gottfried ein. »Du schießt aber weit übers Ziel hinaus. Was soll das mit dem Leasingvertrag für Kindersklaven? Damit befeuerst du den Hass nur weiter.«

»Ich glaube nicht, dass man in einer solchen Gruppe noch irgendjemanden mehr radikalisieren kann, als er ohnehin schon ist.«

»Lass den Leasingvertrag draußen, auch die syrische Großfamilie von diesem Hadschi Halef Omar ...«

»Abul Abas, heißt der.«

»Egal, es reicht völlig aus weiterzugeben, wohin Weschke fährt. Dass er ein Ungeheuer ist, glauben die Leute sowieso. Weitere haarsträubende Geschichten über Moslems sind unnötig. Es könnte dazu führen, dass sie jemand an anderer Stelle weitererzählt.«

Olaf blickte auf den Bildschirm und überflog den eingetippten Text. Er war brillant, ein Meisterwerk zersetzender Propaganda. Und Gottfried hatte recht. Er sollte Weschkes volksverhetzendes Werk nicht fortführen. Er löschte alles und begann, einen neuen Text einzugeben.

»Kein Leasingvertrag!«, mahnte Gottfried.

»Ich gebe bloß die Fakten ein«, sagte Olaf. »Adresse des Hotels und vom Navi errechnete Ankunftszeit. Das sollte als Futter für mein Publikum reichen.« Er schickte den Post auf die Reise. »Mal sehen, was passiert.«

»Was willst du denn, was passiert?« Gottfried hob eine Augenbraue. »Dass Weschke von Rechtsradikalen ermordet wird?«

Olaf schüttelte den Kopf »Ich will ihn nur ein wenig in Atem halten«

»Da ist der ›laufende Meter‹!«

Olaf wusste, dass Ashwini in den ›Krummen Hund‹ gekommen war.

»Grüß Gott«, rief er in ihre Richtung. Er sah, dass Günther sich offenkundig abmühte, nicht laut loszuprusten.

»Grüß Gott«, erwiderte Ashwini kopfwackelnd. Sie setzte sich zu ihnen an den Tisch. Olaf stellte Ashwini und Gottfried einander vor.

»*Tomorrow I fly back to Bangalore*«, sagte sie. »Haben Sie noch einen Auftrag für mich?«

Olaf und Gottfried sahen sich einen Moment lang fragend an. Sie hatten den Fall aufgeklärt, zumindest Weschke dermaßen in Ketten gelegt, dass er kein Unheil mehr anrichten konnte. Seine Facebook-Konten und Blogs würden sie in Kürze der Polizei melden, genauso wie die Facebook-Gruppen mit den Posts, die zur Ermordung von Yousef und Toprak geführt hatten – selbstverständlich nachdem Olaf alle von ihm selbst verfassten Kommentare und den Artikel über Weschke gelöscht hätte.

Der Mord an Toprak war nicht aufgeklärt worden. Wie Brunner waren die Täter gewiss irregeleitete Menschen. Allerdings zeugte ihr brutales Vorgehen von einer gänzlich anderen Qualität als beim Yousef-Mord, von der Tatsache ganz zu schweigen, dass sie automatische Waffen verwendet hatten. Mittlerweile war das LKA für den Toprak-Fall verantwortlich, das wusste Olaf von Tobias, und wahrscheinlich war er dort richtig aufgehoben.

»Wir sind für den Moment durch«, gab er Ashwini zur Antwort.

Ashwinis dunkle Augen wechselten zu Gottfried.

»Das kann ich voll und ganz bestätigen«, sagte dieser. Er räusperte sich. »Ashwini, Sie haben uns hervorragend unterstützt. Wir sind mehr als zufrieden mit Ihrer Arbeit.«

Ashwini wackelte lächelnd mit dem Kopf. »Morgen werde ich Ihnen mein *Customer Satisfaction* Formular schicken.«

Gottfried hob eine Augenbraue. »Sehr gerne. Allerdings schlage ich vor, auf eine *Lessons Learned Session* zu verzichten, da das Projekt einen eher geringen Umfang hatte.«

»Selbstverständlich«, sagte Ashwini. »Eine Frage habe ich noch: Unter welchem Namen soll ich das Projekt verrechnen?«

»Virus Cop«, entgegnete Olaf spontan, bevor Gottfried etwas antworten konnte.

»Virus Cop.« Ashwini machte sich Notizen in ihr Smartphone. »Das wär's von meiner Seite«, sagte sie schließlich. »Haben Sie noch Fragen an mich? Wenn nicht, werde ich mich nun verabschieden, ich habe nämlich noch einen Termin.«

»Wir bleiben in Kontakt«, sagte Olaf.

»Sehr gerne.« Ashwini erhob sich und gab zunächst Gottfried, dann Olaf die Hand.

»Alles Gute, Ashwini. Haben Sie es weit zu Ihrem Termin?«

»Ich gehe zu einer After-Work-Party im *Banking District.* Das sind nur wenige Stationen mit der *Metro. Take care.*«

Olaf nahm wieder das Smartphone zur Hand. Er wollte unbedingt mitverfolgen, was sich in der Facebook-Gruppe tat.

»Will der jetzt wirklich die Nacht durchfahren?«, war der erste Kommentar nach dem von Olaf.

»Der kennt doch bestimmt irgendeinen Puff auf der Strecke, wo er übernachten kann«, schrieb ein anderer.

Ob Weschke tatsächlich so panisch war, dass er die weite Strecke nach Danzig in einem Stück zurücklegen wollte?

Olaf sah Gottfried an. »Was würdest du an Weschkes Stelle tun? Er ist am frühen Abend gestartet. Würdest du ohne Übernachtung bis nach Danzig fahren?«

»Ganz bestimmt nicht. Die Lufthansa fliegt mehrmals täglich dahin. Ich würde ein Flugzeug nehmen.«

Olaf rollte mit den Augen. »Er fährt aber mit dem Auto. Nach seinem Navi dauert es elf Stunden.«

»Ich würde mir ein Hotel suchen«, sagte Gottfried bestimmt, »und am Morgen erst nach einem ausgiebigen Frühstück weiterfahren.«

Olaf nickte. Er hätte ebenfalls keine Lust, ohne zu schlafen eine so weite Strecke zurückzulegen. Allerdings war er nicht wie Weschke vom Tod bedroht. Nicht mehr.

»Machen wir den Faktencheck«, sagte er grinsend. Es dauerte nur eine Minute, um herauszufinden, dass Weschke sich in einem Hotel unweit von Weimar befand. Ein Blick durch dessen Handykamera zeigte ihn, auf einem Bett sitzend, in einen Fernseher starren. Es gab keinen Zweifel, dass er sich dort auch wirklich einquartiert hatte.

Olaf gab in der Facebook-Gruppe bekannt, dass Weschke die Nacht in einem Hotel verbringen werde. Neben der genauen Adresse fügte er hinzu, dass niemand dort von Weschkes Machenschaften wisse. So käme hoffentlich keiner auf die Idee, dort wahllos Leute umzubringen.

»Wir haben den Fall abgeschlossen«, sagte er schließlich zu Gottfried.

Der zeigte sein Totenkopfgrinsen. »Das sehe ich auch so.« Er erhob sich. »Ich muss los. Martina wartet auf mich.« Er rückte seine Krawatte zurecht. »Sieh zu, dass niemand das komplette Hotel in die Luft sprengt.«

»Mache ich«, sagte Olaf. »Und du hältst dich bitte von Flugzeugen fern und machst deine Therapie weiter.«

Er glaubte bei Gottfried ein unzureichend verstecktes Grinsen wahrzunehmen.

Vermutlich war das Ticket nach San Francisco längst gebucht.

49

Es war kurz vor elf, als Olaf nach Hause kam. Weil Tobias einige Tage bei Freunden in Köln verbrachte, hatte er die Wohnung für sich. Natürlich zog es ihn sofort in sein Bürozimmer. Er fuhr den Laptop hoch, öffnete das Virus-Programm und schaltete sich auf die Kamera von Weschkes Handy.

Wie zuvor blickte er in ein Hotelzimmer. Weschke selbst war nicht auszumachen, dafür das Rauschen eines Wasserhahns und energisches Gurgeln zu hören. Weschke machte sich bettfertig.

In der Facebook-Gruppe gab es neue Kommentare, durchweg Aufforderungen, man solle endlich tätig werden. Sie trieften vor Hass. Es war ein seltsames Gefühl zu wissen, dass alle diese Kommentare ihm, Olaf, gegolten hätten, wenn er es nicht geschafft hätte, den Spieß in Weschkes Richtung umzudrehen.

»Ich wohne in Weimar und kann in zwanzig Minuten dort sein«, schrieb jemand. »Wer kommt mit?« Der Kommentar war drei Minuten zuvor abgeschickt worden. Bislang gab es dazu keine Antwort.

Olaf erhob sich vom Stuhl. Sofort brannten die Oberschenkel vom Muskelkater. Aber es breitete sich ein weiteres Gefühl aus. In seinem Bauch. Ein ungutes.

Er setzte sich zurück an den Schreibtisch und machte einen Screenshot von den letzten Kommentaren.

»Wenn Sie weiterleben wollen, verlassen Sie sofort das Hotel und stellen Sie sich der Polizei!«, tippte er in die Nachricht an Weschke ein. Er fügte den Screenshot als Anhang hinzu und verschickte die Nachricht über einen anonymen Server.

Anschließend wechselte er zu dem Fenster mit Weschkes Handy-Kamera. Er sah sein fahles Gesicht in Großaufnahme, die geweiteten Augen, die über die Nachricht huschten. Dann verfolgte er, wie in dem Hotelzimmer eilig Klamotten in einen Koffer geworfen wurden und Weschke eine Jacke überzog. Als das Bild schwarz wurde, wusste Olaf, dass das Handy in einer Tasche gelandet war.

»Weschke ist getürmt«, tippte er in die Facebook-Gruppe. »Er fährt weiter nach Danzig.«

Weschke war für eine Weile beschäftigt.

Gleich darauf kündigten sich mit einer Stafette weihnachtlicher Dingelings Nachrichten des Virus an. Das anschließende Pling einer WhatsApp klang beruhigend unspektakulär.

In seiner jetzigen Konfiguration war der Virus enorm geschwätzig und konnte einem gehörig auf den Geist gehen. Dabei war es beinahe unmöglich, alles zu sichten, was er an Daten und Informationen heranschaffte.

Erst einmal wollte Olaf aber etwas lesen, was nichts mit Rassisten oder angeblichen Kinderschändern zu tun hatte. Er öffnete die WhatsApp-Nachricht und musste schmunzeln: Uwe.

»Samstag 20 Uhr, 2. Bandprobe bei Hubert. Wir lassen es richtig knallen! Bring diesmal deine Gitarre mit.«

Uwe trieb weiter ihre Rocker-Karriere voran, auch wenn der Termin im ›Irish Pub‹ erst einmal abgesagt worden war. Zumindest hatten sie das ausgemacht. Olaf sollte ihn bei Gelegenheit daran erinnern.

»Ich bin am Wochenende nicht da«, gab er als Antwort ein. Das sollte an Informationen für Uwe reichen. Am Samstag hatte er Besseres vor, als in Huberts Keller ›Smoke On The Water‹ zu spielen und Bier aus Flaschen zu trinken. Dafür würde er nicht auf das Wellness-Wochenende mit einer so aufregenden Frau wie Sara verzichten.

Er schmunzelte bei dem Gedanken, als er sich schließlich die lange Liste der Nachrichten vornahm, die der Virus geschickt hatte: Videos, Fotos, besuchte Webseiten … Im Moment war das alles nicht mehr so bedeutend, wie es noch am Abend zuvor gewesen wäre. Er konnte getrost etliche Funktionen des Virus deaktivieren.

Er öffnete das Konfigurationsprogramm. Als er von dem Virus auf Weschkes Handy zu dessen Laptop wechseln wollte, stieß er vor Schreck einen unschönen Fluch aus. Der Knopf, auf den er klickte, öffnete eine Auswahlliste mit fünfzehn Einträgen! Der Virus musste sich auf dreizehn weitere Geräte ausgebreitet haben. Gewiss waren das Handys und Laptops der Hotelgäste, die dasselbe WLAN wie Weschke nutzten. Nun musste er jeden einzelnen Virus von diesen Geräten entfernen. Und er würde das von nun an ständig tun müssen. An den Virus, der sich im Hotel-WLAN eingenistet hatte, kam er nicht heran. Wenn ihn nicht irgendwann ein Virenscanner entdeckte, würde er bis in alle Ewigkeit Geräte infizieren, die wiederum andere WLANs infizierten, und dann würde auch dort der Virus übertragen. Es wäre eine regelrechte Epidemie!

Er brauchte eine Idee, wie er jeden Virus mit hundert Prozent Verlässlichkeit löschen konnte, sobald er ein Gerät befallen hatte.

Erst aber wollte er sehen, was sich bei Weschke tat. Er überprüfte den Standort von dessen Handy. Weschke war in Weimar, wurde ihm vom Virus auf einer Karte angezeigt. Als er in die Karte hinein zoomte, konnte Olaf erkennen, wo genau: auf einem Polizeirevier. Schnell schaltete er sich auf Weschkes Handykamera. Das Bild blieb schwarz. Man konnte aber hören, was gesprochen wurde.

»Sie haben also zwei Artikel geschrieben, durch die Morde begangen wurden?«, sagte jemand, offenbar ein Polizeibeamter.

»Ja. Kasim Yousef und Cem Toprak.« Das war Weschkes Stimme.

»Cem Toprak!«, kam von dem anderen mit Nachdruck zurück. »Das ist dieser Anschlag in Frankfurt. Und da stecken Sie dahinter?«

»Nicht direkt ...« Weschke schien nach Worten zu ringen. Er klang kleinlaut, vielleicht auch nur erschöpft. »Ich habe bloß diese Postings auf Facebook verfasst.«

»Welche Postings? Können Sie die uns zeigen?«

»Nein, kann ich nicht ...«

Olaf grinste. Natürlich konnte Weschke es nicht. Er war von allen seinen Facebook-Konten abgeschnitten.

»Wieso nicht? Sie sagen doch gerade, Sie hätten etwas gepostet«, sagte der Polizeibeamte.

»Ich kann es auf meinen Blogs zeigen«, sagte Weschke matt, »glaube ich ...«

»Dann zeigen Sie halt die. Hauptsache, Sie zeigen irgendwas«, sagte der Andere ungehalten.

Olaf hatte für den Moment genug gehört. Er beendete die Übertragung. Den Rest würde ihm der Virus als Audiodatei schicken.

Weschke hatte sich also der Polizei gestellt. Olaf war erleichtert. Diese Kanaille hatte Menschen auf dem Gewissen und mit seiner Propaganda unzählige Leute in die Arme von Radikalen getrieben. Und doch war es Olaf lieber, Weschke im Knast zu wissen, statt von einem rechten Mob gelyncht.

Er würde als nächstes die Ergebnisse seiner Recherchen der Polizei schicken: Weschkes Blogs und die hetzerischen Facebook-Gruppen. Dazu die wahren Identitäten der Mitglieder, die Ashwini herausbekommen hatte. Er war sehr gespannt, was dann passieren würde.

Diesmal wollte er die Mail nicht direkt an Tobias adressieren. Auf die Dauer war das einfach zu auffällig. Tobias würde gewiss Verdacht schöpfen. Auch seine Kollegen könnten das seltsam finden, und bei denen stand er seit seinem Erfolg im Yousef-Mord wesentlich besser da als zuvor. Wahrscheinlich würde aus Tobias doch noch ein Superbulle werden.

Nun aber musste sich Olaf um seinen Virus kümmern. Dass er sich unkontrolliert ausbreitete, könnte eine echte Gefahr werden. In seinem Kopf gärte bereits eine Lösung, als er eine der Nachrichten öffnete, die offenkundig weder von Weschkes Handy noch von dessen Laptop stammten.

Es waren die Aufzeichnungen eines Keyloggers. Mit dieser Funktion wurde mitgeschnitten, welche Tasten an einem Gerät gedrückt wurden. Man konnte also mitlesen, was ein Nutzer eingegeben hatte.

Olafs Augen begannen sich zu weiten, als er den Text las. Dies war der geeignete Augenblick für seinen Projektabschlusswein, beschloss er. Er ging in die Küche und holte die Flasche Merlot aus dem Schrank. Er grinste, als er den Korkenzieher ansetzte. Bedächtig schüttete er den tiefroten Wein ins Glas und nahm sofort einen Schluck.

Nach dem Projekt ist vor dem Projekt, sagte er in Gedanken, frei nach Sepp Herberger.

Er musste sofort Gottfried anrufen.

Sie hatten einen neuen Fall.